Nuit nigériane

Mélanie
Birgelen

Nuit nigériane

roman

CALMANN
LEVY

Couverture
Conception graphique : olo.éditions
Illustration : © Rufai Zakari

ISBN 978-2-7021-8462-2

À Greta et Willy.

« Lagos was built from blood and sweat,
and raw ambition.
Abuja was designed as a playground
for the rich. »

A. Igoni Barrett

1

Il avançait à toute allure sur une route à quatre voies déserte. Le bitume encore tiède baignait dans la lueur orangée d'une enfilade de lampadaires, dont les halos l'un après l'autre glissaient sur le pare-brise. Là-haut, la lune filiforme, décroissante, lui souriait. Olujimi appuya sur l'accélérateur. Il quitta la route de l'aéroport pour prendre le boulevard périphérique. Il continuait d'accélérer, comme s'il pouvait gagner du temps, retarder le lever du jour. Dehors, pourtant, déjà, la nuit se désagrégeait. Les tours inachevées du Central Business District se dressaient devant lui, ombres chinoises dans un ciel déjà jauni. Quelques secondes encore, et les premiers rayons du soleil traverseraient leurs énormes fenêtres béantes.

Olujimi enfila une paire de Ray-Ban, le modèle aviateur que Mirko lui avait offert, spécialement rapporté de Berlin rien que pour lui. En se contorsionnant un peu, il extirpa une cigarette du paquet de Rothmans qui sortait, éventré, de sa poche arrière, la porta à sa bouche. Il sortit un briquet, alluma la cigarette. Il ouvrit la fenêtre, jeta un coup d'œil au cadran du tableau de bord. Il était six heures trente-quatre. Un vif filet de lumière jaillit au bout de l'horizon.

Un nouveau jour se levait, un nouveau jour sur Abuja, le premier jour sans lui. Mirko venait probablement de décoller. Son avion ne devait pas passer bien loin de là, au-dessus des collines rocailleuses, et Olujimi scruta la voûte céleste, à l'aveuglette, à la recherche d'un signe, d'un ultime adieu. En vain. Mirko était déjà hors de portée.

Olujimi mobilisa toutes ses forces pour ne pas s'effondrer, de chaudes larmes lui brouillaient déjà la vue. S'il en laissait s'échapper ne serait-ce qu'une seule, il le savait, il devrait s'arrêter. Une multitude de questions s'immisçaient dans le vide laissé par Mirko. Que faisait-il à présent ? Était-il en train de rédiger le message qu'il lui enverrait, sitôt atterri, pour lui dire qu'il l'aimait, qu'il y aurait toujours de la place pour lui dans son cœur ? S'était-il endormi, lové dans un fauteuil business class, épuisé par la nuit blanche, les longs silences, les « dernières fois » ? Était-il soulagé de retourner dans son pays, de mettre un terme à toute cette folie ? Allait-il reprendre, comme ça, comme si de rien n'était, sa vie de diplomate à Berlin ?

2

Du rose, du rouge, du vert fluo. La Millennium Tower inachevée scintille d'un éclairage bariolé représentant les armoiries du Nigeria, deux chevaux et un aigle. Ses lueurs scindent les ténèbres par intermittence comme la foudre un soir d'orage sec. Le reste de la ville est plongé dans le noir, comme s'il fallait en garder certaines parties secrètes, insaisissables. C'est une nuit nigériane, l'obscurité avale tout, mais la musique déborde des rues opaques où prolifèrent les clubs en vogue d'Abuja. Vibrante, elle répand ses échos sulfureux, circule dans les artères festives de la capitale comme une drogue dure, efficace, addictive.

La jeunesse dorée investit le carré VIP d'une boîte de nuit plutôt sélect, le Play. Des silhouettes vaniteuses prennent leurs aises sur de confortables fauteuils en skaï blanc. L'élite fortunée a répondu présente, c'est une fête

« instagramable » et opulente. Quelques amis, des amis d'amis, des collègues, consœurs, confrères et connexions. Des blogueuses, des influenceuses, des stars locales. Des filles et fils de hauts fonctionnaires. Tous lookés à souhait, tous unis et bénis par les bulles.

Sur la piste de danse aux dalles lumineuses, Zainab Aliyu s'enivre de notes de rap, d'afropop, de rythmes de blues, de jazz, de zouk et de rumba. Devant un mur de roses blanches, un cadeau de son père, elle se prête au jeu des selfies, #abujaevents, #queen, #bossgirl, #flowerpower.

Tout le monde veut une photo avec elle, la nouvelle star de Channels TV. À vingt-quatre ans à peine, Zainab Aliyu est journaliste et possède sa propre chronique à *Sunrise Daily*, l'émission matinale de la chaîne et rendez-vous quotidien de dizaines de millions de téléspectateurs nigérians. Elle est sans doute, à l'échelle nationale, la chroniqueuse la plus en vue du moment. Son boss l'adore, ses collègues l'admirent et son père est très fier et le lui fait savoir régulièrement, même s'il n'a pas pu se rendre à la fête.

Ce soir, Abubakar Aliyu est retenu à Kano pour affaires, comme c'est souvent le cas. Mais il paiera la note dans son intégralité, majorée d'un pourboire généreux. Rien n'est trop beau pour sa petite Zainab, sa fille unique, sa seule famille aussi depuis que sa femme est morte. Accessoirement, le riche homme d'affaires est aussi l'un des principaux actionnaires de la chaîne. Et il ne regrette pas un seul naira investi.

« When we celebrate, we dey pop champagne »

Le refrain hypnotique du chanteur Dr Sid est sur toutes les lèvres, sur toutes les stories Instagram et Facebook. Les sourires sont omniprésents sur les visages des filles, yeux de biche, cils XXL, rouges à lèvres flamboyants. Du côté des garçons, c'est plutôt poker face, des lunettes de soleil dans le noir pour se donner un style.

« *Pop pop pop pop* », les appareils photo des téléphones portables en sont témoins, Zainab Aliyu et ses convives remplissent et vident des coupes de Moët. « *Pop pop pop pop* », ils recrachent dans le sillon des stroboscopes les volutes de fumée bleues, roses, violettes d'une chicha clignotante, posée sur la table, parmi les seaux à glace débordants de bouteilles.

« *After one bottle two bottles three bottles four* », Zainab danse, Zainab jubile. L'ambiance est à la fête. Elle se laisse porter par l'ivresse. « *Five bottles six bottles seven bottles eight* », Zainab ondule dans le feu des projecteurs. Elle flotte dans un bain de couleurs, une autre dimension. Elle est la reine. Queen Zainab.

« *They go insane* », Ayo, Kayode, ses partenaires à l'écran, animateurs vedettes de la matinale, se prosternent devant elle. Chaînes en or, selfie à trois. Plusieurs milliers de likes. Zainab Aliyu est épiée et enviée par la jeunesse locale. Ses nombreux abonnés l'adulent à grand renfort de pouces en l'air, d'émojis rieurs avec des cœurs dans les yeux. Mais à vrai dire, elle les ignore la plupart du temps, elle s'en moque pas mal. Zainab et les réseaux sociaux, c'est une relation à la fois simple et complexe. Je t'aime, moi non plus.

Pour l'heure, les basses déchirent la nuit, Zainab défie la vie, il faut s'accrocher pour la suivre. « *When we celebrate, we dey pop champagne.* » Elle flirte, elle danse jusqu'à ce que la musique s'incline. Les rythmes faiblissent, prêts à s'évanouir. Les noctambules vont se coucher. Ses oreilles sifflent, un acouphène.

Taxi. Asokoro et ses somptueuses maisons, loin des quartiers grouillants et malfamés qui cernent le centre de la capitale comme des satellites low cost. Ses oreilles sifflent encore, la terre rouge et molle au petit matin semble tanguer sous les roues du véhicule. Prise de légères nausées, Zainab s'agrippe fermement à son iPhone et ferme un instant les yeux. Les vibrations se taisent, le silence, brusque, l'arrache à sa torpeur. Elle les rouvre.

L'automobile stationne devant une maison, quatre immenses colonnes blanches, une gigantesque porte d'entrée, tout en verre. Dans la tiédeur de l'aube, Zainab s'extirpe du taxi, ébouriffée, tresses en pagaille, escarpins à la main, puis elle traverse un chemin de dalles. Devant l'imposante demeure brille une piscine rectangulaire. Sa surface miroite d'un bleu très clair, presque argenté, son fond est couvert de petites pierres d'aigue-marine polies.

Les paupières de la jeune femme se font lourdes. Ce matin, des fourmis ailées tournent autour des lampes de la salle de bains. Sous le jet d'eau fluet qui tombe de la douche, Zainab s'autorise à ne penser à rien, juste le temps de rafraîchir son corps collant de sueur et empestant la cigarette. L'eau glisse de son crâne le long de ses tresses, ricoche sur ses épaules, dégringole tout droit dans la nappe d'eau mousseuse où trempent ses orteils. Son maquillage fond, le noir des cils dégouline, s'étire contre ses joues, deux longues larmes de Rimmel comme des cendres sur sa peau noire. Un rayon de soleil entre enfin par la lucarne grillagée qui surplombe la pièce, il se pose en douceur sur les faïences marron et embuées.

Zainab est lessivée, saturée. Le sol tangue à nouveau lorsqu'elle sort de la douche. À tâtons, dans la vapeur stagnante, elle cherche une serviette et s'y enroule. Dans le couloir silencieux, elle avance à petits pas, en se tenant au mur, à la lumière du jour naissant.

Un jour, une nuit passe, ponctuée de rêves rocambolesques. Au réveil, « *Allahu Akbar* », « Allah est le plus grand ». À l'appel du muezzin, Zainab revient enfin à elle. La même voix, chaque matin, la tire de son sommeil, relayée par les haut-parleurs fatigués de la petite mosquée érigée quelques mètres plus loin dans la rue. Il y a d'abord un bruissement annonciateur, comme un souffle brouillé qu'elle n'entend que lorsqu'elle est déjà à demi éveillée. « Ça y est », pense-t-elle alors en s'étirant dans ses draps.

Zainab chérit intimement ces quelques secondes au point du jour. La voix s'élève, éraillée, au moment précis où le soleil fend l'horizon et projette sur les murs de sa chambre, à travers le rideau de tulle, des rayures d'ombre et de lumière. Son timbre n'a rien de mélodieux, il est criard, il lui rappelle celui des vendeurs ambulants de Kano, avec leurs mégaphones au bord des routes.

Certains jours, le réveil est confus. Elle n'est plus vraiment sûre du lieu où elle se trouve, et lorsqu'elle reconnaît, à travers ses fenêtres, la lumière franche et ambrée de l'aube abujanaise, un soulagement la traverse, doublée d'un plaisir délicieux. Zainab est de retour dans son pays natal, le Nigeria, cela fait quelques mois déjà, mais parfois, elle oublie. Elle oublie, et puis elle se souvient, et un sourire irrépressible lui fend le visage.

3

« Inspire par le nez, gonfle ton ventre comme un ballon. »

Devant le miroir, Olujimi reproduit les exercices de respiration. Son ventre s'arrondit, l'élastique de son slip kangourou se tend et se déforme.

« Expire lentement par la bouche, rentre ton ventre progressivement, le plus possible. »

Olujimi s'exécute. Ses lèvres forment un cercle, l'air s'en échappe en sifflant. Son regard se pose sur des bourrelets naissants au niveau de ses hanches. Il fronce les sourcils. Des petites poignées d'amour, il ne manquait plus que ça.

« Vide l'air de tes poumons. »

Olujimi ferme un instant les yeux et se concentre. Il souffle encore. L'iPhone est posé sur le rebord du lavabo, verticalement, à droite du miroir, volume au maximum.

« Expire le plus profondément possible, va au bout de ton souffle. »

Olujimi souffle, encore et encore. Il est sur le point d'imploser. Ses yeux s'écarquillent.

« Plus longue est l'expiration, meilleure est la détente », poursuit la voix légèrement robotique d'ElieInShape, le YouTubeur.

Le ton est zen, confiant, encourageant. Il est en slip, lui aussi, on voit bien ses abdos. D'ailleurs, il est toujours en slip, dans toutes ses vidéos. Probablement une histoire de sponsor.

« J'ai l'air con », pense Olujimi. En plus, il n'arrive pas à expirer aussi longtemps. Peut-être une autre fois. Il abrège l'exercice.

C'est lundi, il est six heures et quart, il fait encore noir. Son ventre est noué, comme avant un premier rendez-vous. Un nœud d'impatience et d'appréhension. Olujimi ferme YouTube, verrouille l'iPhone, puis s'examine à nouveau dans le miroir, à la lumière du néon. Il rentre le ventre, contracte un peu ses muscles. Son corps grand et long est encore mince, malgré quelques excès ces dernières semaines. Il approche son visage, se frotte le menton. Sa peau est clean, douce, rasée de près. Ses pommettes saillantes lui donnent envie d'y déposer un baiser. Il se recule, s'envoie un clin d'œil.

Sa propre beauté arrive encore à le surprendre lorsqu'il prend le temps de vraiment regarder.

Olujimi a vingt-sept ans, il ressemble au chanteur Wizkid, le petit prince de l'afrobeat. Regard de braise, yeux charbonneux, cils fournis et recourbés. Ils ont le même âge, les mêmes traits juvéniles, cheveux courts et coiffés en brosse, les pointes décolorées. Ils ont le même style un peu dandy, un peu hipster, élégants avant tout. C'est simple, tout leur va. Ils osent les tailleurs haute couture, les dashikis traditionnels, les maillots de foot. Ils sont tous les deux des crâneurs, des Nigérians, de jeunes adultes, des adulescents.

Mais la comparaison s'arrête là. Wizkid est une star internationale de la musique aux trois millions de fans sur Instagram, Olujimi est un micro-influenceur, trente mille abonnés, tendance stationnaire. Il n'a qu'une ambition, percer dans la mode – et pourquoi pas, habiller Wizkid, un jour, ce serait merveilleux. Il fantasme beaucoup, il met la barre très haut. Du coup, il stresse.

Heureusement, il y a les vidéos d'Elie. Des tutos de yoga tournés en plein air, au Liban, sur la corniche de Beyrouth, avec la brise du front de mer en bruit de fond. Une vraie bouffée d'oxygène. Elie l'aide à trouver son équilibre, à contrôler ses compulsions. C'est peut-être une échappatoire, mais Olujimi aime bien Elie et ses slips acidulés, il aime ses exercices même s'il les bâcle le plus souvent. Depuis qu'il y a Elie, il pense un peu moins à Mirko, en plus. Un tout petit peu moins.

Mirko. Un an déjà. Un an sans nouvelles. Et dire qu'il s'était imaginé recevoir une déclaration enflammée, et ce dès l'atterrissage. Rien. Rien le soir même, rien le lendemain. Rien non plus les jours suivants. Sous le choc, Olujimi était à l'époque accablé d'un sentiment de solitude et de dépossession, parfaitement incapable de réaliser ce qui venait de lui arriver. Il avait laissé Mirko sur le parking de l'aéroport Nnamdi-Azikiwe, Mirko s'en était allé et ne reviendrait pas. C'était aussi simple qu'inconcevable.

Olujimi était ensuite rentré sans lui, comme amputé de tout. Joie de vivre, bienveillance, ambition, mille choses lui manquaient, mille choses qu'il réservait à Mirko. Il avait peur, aussi. Peur de ne plus jamais le revoir. Des constrictions surgissaient dans sa gorge, il les sentait étriller son gosier. Les larmes lui montaient sans cesse aux yeux.

Les premiers temps, il avait attendu un message, un appel, peut-être. Un « je voulais juste entendre ta voix », par surprise, comme ça, en pleine journée. Un numéro inconnu, qu'aussitôt, il aurait enregistré sous le nom bien-aimé, à la place de l'ancien, désactivé.

Il avait attendu. Il s'était parfois enfermé dans sa chambre, et il y était resté planté, devant le triste mur, là où était épinglée une photo de Mirko. Il inclinait sa tête, pour mieux le détailler, pour mettre un peu de mouvement dans ce visage figé, ses cheveux gris, vaguement en désordre.

Olujimi appréhendait la suite. L'oubli de son visage. Pas celui de la photo. Le vrai, le visage animé de Mirko, ses traits vifs et pétillants. Les journées passaient, les soirs arrivaient, l'espoir qu'il le contacte retombait.

Après quelques semaines de silence, Olujimi avait complètement déchanté. Il s'était senti mal, son ventre s'était tordu, comme un jouet mécanique à qui l'on tournerait le remontoir à l'envers. Il s'était préparé psychologiquement à quelque chose de moins violent que le silence, à un « je ne pouvais pas, c'était trop dur, tu comprends ». Et il aurait compris, bien sûr. Il aurait pardonné. Il aurait fait bonne figure. Il lui avait mis d'ailleurs quelques anecdotes amusantes de côté, au cas où. Pour avoir quelque chose à lui dire. Pour lui montrer que tout allait bien. Qu'il n'était pas en train de mourir à petit feu.

Un an, c'est long. C'est deux fois leur histoire. Six mois précieux, six mois chauds et diaprés comme les ailes d'un papillon de jour. Six mois chatoyants, cousus de fils irisés. Lorsqu'ils se voyaient, Olujimi était suspendu à ses lèvres ; le reste du temps, à ses messages WhatsApp. Quand son téléphone sonnait, que c'était lui qui appelait, il était pris de spasmes.

Un an de monologues. Mirko n'écrit pas, mais il apparaît dans ses rêves, sustente ses fantasmes. Le mirage d'une vie libre, à ses côtés. En Europe, à Berlin. Avec lui. Mirko lui parle encore parfois, mais c'est Olujimi qui doit trouver les mots. Mirko le regarde, c'est un regard tronqué, emprunté à un autre. Mirko est si loin. Mirko et ses sourires, Mirko et ses chemises blanches. Mirko et son odeur de tabac froid. Tout ce qui rend Mirko vivant lui file entre les doigts. Le temps fait son travail, le souvenir s'estompe.

Un jour, Olujimi avait réalisé en se brossant les dents que l'appel tant désiré ne viendrait pas. Ça l'avait pris comme ça. Il avait étouffé un « *fuck* », avait craché le dentifrice, s'était rincé la bouche et essuyé les commissures des lèvres. Il s'était redressé devant le miroir. Ses yeux brillaient, mais il n'y avait plus de larmes pour lui. Il avait fait apparaître Mirko une dernière fois. Mirko et ses yeux verts, Mirko et sa beauté désuète. « *Farewell, my love* », avait-il prononcé tout bas.

Les adieux furent très brefs, pas d'embrassades. L'image fébrile s'évanouit aussitôt. Il n'avait pu se résoudre à l'effacer totalement, c'était impossible. Alors il lui était venu une idée, une idée un peu excentrique. Il avait mis son amour sur orbite.

Une gravitation imaginaire maintient désormais Mirko à une distance raisonnable, constante. Il le voit passer de temps en temps. Les jours de ciel bleu, on dirait un satellite ; les nuits, une étoile filante. Alors, Olujimi le suit des yeux, quelques secondes, quelques minutes si nécessaire, puis le laisse s'évanouir, fine poussière cosmique de souvenirs fuyants. Une paix radieuse l'envahit alors. Un réconfort doux, flottant, qui le rend léger. Mirko est quelque part, vivant, et il va bien. La vie semble simple à nouveau.

Olujimi enfile un kimono de soie noire et traîne des pieds jusqu'à la cuisine. Les fenêtres grillagées donnent sur l'arrière-cour, un mince rectangle de pelouse qui sépare la maison principale des « boys quarters », ces quatre cubes de béton imbriqués contre le versant de la colline où logent les servants. Il se sert un verre d'eau et y presse un demi-citron vert, puis tourne les talons et ouvre la porte de sa terrasse. Il sort en prenant soin de bien refermer derrière lui, pour ne pas laisser entrer les moustiques. Il sait qu'ils sont vaillants à cette heure matinale, mais davantage que leurs piqûres, c'est leur vol bruyant qui l'exaspère. La brise tiède lui caresse la peau, il s'enveloppe de la chaleur nocturne.

Quand il se lève avant le jour, Olujimi salue le ciel obscur et les étoiles, ces mystérieuses constellations qui le dominent tout en veillant sur lui. Quand sa vie lui échappe, il sait que la réponse est tout là-haut, hors d'atteinte, cryptée parmi les corps célestes. Il sait qu'il aura beau chercher, essayer de comprendre, il ne saura jamais la vérité. Quelque part, ça le rassure. Il le dit souvent, à qui veut bien l'entendre. Le ciel est grandissime, l'humain est minuscule.

Olujimi contemple aussi la ville endormie et parfois il lui parle : « Abuja, ça fait combien de temps, toi et moi, deux ans ? Deux ans déjà, deux ans seulement ? » Abuja n'est pas une ville lumière, mais l'on peut de temps à autre, par chance, y apercevoir la Voie lactée et ses myriades d'étoiles. Ce n'est pas non plus une ville techno, mais les ondes pulsatiles qui la traversent de long en large semblent capables de se greffer en chacun, laissant dans la poitrine une musique chaude, une eurythmie, un avant-goût de liberté.

Énigmatique la nuit, luxuriante le jour. Abuja n'est pas à proprement parler un jardin d'Éden, mais arbore une composition unique de jungle et d'urbanisme, des structures de béton inachevées jugulées par les lianes. Un peu rétro, un peu bancale, un peu poussiéreuse. Une capitale artificielle, née comme lui dans les années 1990, en plein cœur du pays, le cœur géographique, au beau milieu d'une savane verdoyante où gisait un immense rocher, l'Aso Rock. Cette ville l'émerveille, lui donne envie d'oublier toutes les autres.

Olujimi sirote le fond de son citron pressé, appuyé à la balustrade. Le souffle du vent s'immisce sous l'étoffe de son kimono, il sent la cordelière de soie glisser, ceindre de moins en moins sa taille. Ses yeux se posent en bas, sur le parking, sur le toit bosselé de sa fidèle Toyota Corolla. À sa gauche, un 4×4 en fin de vie, la Kia Sorento des voisins du dessus, garée de travers. Les autres places du parking sont libres.

Le gris de l'aube s'accroche déjà aux faîtes des bâtiments et des propriétés, une fumée blanchâtre s'élève derrière les arbres. Chaque matin, Olujimi goûte la même odeur, cette odeur de bois et de poisson grillé. Il voit toute l'étendue de la ville, quelle que soit l'heure de la journée ou de la nuit. Il a eu le temps de contempler chaque détail du paysage, les blocs de béton gris, beige ou marron des ministères, les croix immenses dressées sur les toits des églises, le dôme spectaculaire de la grande mosquée, ses quatre minarets. L'Aso Rock, le monolithe granitique qui a donné son nom à la villa présidentielle. Mais ce qui attire son œil, c'est toujours le ciel et ses couleurs changeantes.

Le gardien de nuit fait les cent pas devant le portail, lève la tête et le salue d'un « *Mornin' Sir* ». Olujimi répond d'un hochement de tête convenu. Tout est calme, mais dans une heure ou deux, les équipes de maintenance de l'immeuble s'affaireront pour maintenir l'endroit propret. C'est un complexe de trois étages, juché sur les hauteurs d'Abuja, au cœur du très sélect quartier de Maitama. Le bâtiment est cubique, résolument moderne et d'un blanc éclatant. Depuis la rue, en bas, il semble capable d'absorber la lumière pour la réverbérer sur les passants, et leur en mettre plein la vue. La pelouse tout autour est bien soignée, drue et verte – on l'arrose tous les matins.

Olujimi habite au deuxième étage, quatre-vingts mètres carrés. Il n'a aménagé que le salon avec un canapé d'angle en simili cuir noir, une table basse en verre, et un immense bureau où se concentre l'unique chaos du lieu : des patrons, des chutes de tissus, une imposante machine à coudre industrielle. Son lieu de vie, c'est aussi son lieu de travail.

Pour sa terrasse, Olujimi a investi dans un salon de jardin en verre et imitation rotin, du plastique gris foncé, le même que l'on voit dans tous les hôtels chics du pays, résistant aux pluies tropicales. Il a accroché quelques images aux murs, des souvenirs de Lagos, des portraits d'hommes et de femmes, des scènes de vie inspirées de l'univers de la mode et du design.

Le loyer est hors de prix, tellement hors de prix qu'il n'a jamais vu passer la moindre quittance, c'est Adebayo, son père, qui s'en charge, tout est réglé directement – et une fois l'an seulement – avec la propriétaire, une haute fonctionnaire à la retraite, Abimbola Awolowa. Lorsqu'elle se manifeste, de temps à autre, pour régler ses affaires, il faut à tout prix libérer la première place à droite du parking, au mieux la veille au soir, là où Olujimi aime bien se garer parce qu'après avoir franchi le portail, il suffit de continuer tout droit. Ça l'embête de se garer ailleurs, mais il s'exécute sans trop montrer son agacement.

Bien des fois, elle avait ajourné sa venue, et la place de parking était restée bloquée des jours durant, jusqu'à ce qu'une Ferrari noire s'y engouffre bruyamment, humiliant de ses vrombissements les deux autres automobiles.

— Observe, fils, avait dit Adebayo le jour où il était venu présenter ses amitiés à la dame. Si la vie était un *Monopoly*, madame Awolowa aurait toujours une longueur d'avance.

— Tu dis ça parce qu'elle a une Ferrari ? avait demandé Olujimi, pensant faire preuve de spiritualité.

Adebayo avait ri de bon cœur.

— Non, fils. Parce qu'elle en a trois. La noire, c'est seulement pour ses rendez-vous business.

Olujimi avait haussé les épaules. Trois Ferrari. Ridicule. Une à la limite, pourquoi pas. Et rouge, allons-y franchement. Garée devant la maison, ça fait joli. Peu importe, pour le moment, sa Toyota lui va très bien. De toute façon, il ne joue pas encore au *Monopoly*. Son père le fait très bien pour lui. Un jour viendra, ce sera sans doute son tour. Parce qu'il est né sous une bonne étoile, comme on lui dit. Il le sait, et en remercie le ciel. Il préfèrerait être autonome, c'est sûr. Mais pas au point de refuser une adresse à Maitama.

4

Six heures trente, Olujimi récupère le *Daily Trust* sur le pas de sa porte, l'édition du jour. Et c'est un grand jour. Un article paraît sur lui. Il se sert un café soluble avec un nuage de lait, s'installe sur sa terrasse, allume une cigarette. Le ciel s'empourpre à l'est, derrière le gros monolithe de granit qui surplombe la capitale. Juste à temps. C'est devenu un rituel, il s'imprègne du premier rayon de soleil de la journée comme on s'abreuverait d'une huile prodigieuse. C'est son secret beauté vitaminé, l'élixir infaillible qui, pense-t-il, stimule la pousse de ses cils, qu'il a déjà longs et fournis. Il boit une gorgée, jette un regard inquiet sur le journal. Il sent son cœur cogner. En bas, l'allée proprette bordée d'arbres-mâts des Indes s'anime de petits coups de klaxons, d'éclats de voix guillerets. Les générateurs s'allument et s'éteignent au gré des coupures de courant, aux portes des villas, devant les restaurants, les épiceries. C'est la rumeur vive et sémillante qui berce ses matins. Une belle journée s'annonce.

Olujimi retarde le moment d'ouvrir le journal. Il se demande si l'article changera quelque chose, s'il l'aidera à s'accepter, à s'assumer. Il a envie d'y croire. Mais il a beau lutter de toutes ses forces contre le défaitisme, une petite voix lui susurre déjà, au fond de lui, qu'un jour où l'autre, sous le poids des attentes parentales, il renoncera à cette vie de secret. Et il sent que le moment fatidique arrive à grands pas.

Passé trente ans, il aura tout intérêt à se trouver une épouse, de préférence une yoruba comme lui, pour laquelle la compagnie d'un homosexuel sera moins outrageante que l'idée de rester célibataire après un certain âge. Il la demandera en mariage avec un diamant hors de prix, lui fera quatre enfants rapprochés, parce que tout le monde sait que c'est mieux pour les photos, idéalement deux filles et deux garçons. Avec l'aide de Dieu, et il en aura drôlement besoin, il étouffera son malaise dans la routine bien rodée d'une vie de famille exemplaire. Chaque dimanche, ils iront à la messe. Leurs prières, leurs doutes, leurs misérables secrets, ils les abandonneront là, dans la plus glamour, la plus exclusive des salles de service d'Abuja, la salle du trône, attenante au Hilton. Le pasteur les reconnaîtra, la petite famille parfaite ; il viendra leur serrer la main, échangera quelques mots gentils avec les enfants, leur ébouriffera les cheveux d'un geste tendre.

Après le culte, ils prendront leur déjeuner à la cafétéria de l'hôtel avec quelques amis endimanchés. L'après-midi, les gamins profiteront de la piscine pendant qu'Olujimi, sa femme et leurs amis s'installeront au bar. Olujimi commandera un chapman pour son épouse, le mocktail rouge préféré des Nigérians, un Nescafé pour lui, avec un nuage de lait. Parfois, il regardera sa femme, dubitatif mais satisfait. Elle lui fera penser à ce nuage de lait. Un diluant qui transforme la vie et son amertume en un breuvage doux et plaisant.

Pour la Saint-Valentin, ils se feront tirer le portrait tous les six au centre commercial dans des vêtements assortis, taillés dans le même imprimé. Puis ils partageront les photos sur Facebook, impatients de recueillir les commentaires de leurs amis, de leur famille, de leur entourage proche ou moins proche, collègues, relations, connaissances ; « Dieu vous bénisse », « *happy family* » ; des mentions « j'aime », « j'adore », « wouah ». Il passera des heures à scruter les réactions, et à se dire qu'il a fait le bon choix. Il se prendra au jeu, ravi d'avoir décroché un like, un smiley à son père. Les jours de fête, Adebayo présentera fièrement son fils à ses amis et ses collègues, son réseau. Il fera jouer ses relations jusqu'à ce qu'Olujimi obtienne, lui aussi, un poste gouvernemental. Yejide, sa mère, se pavanera avec ses petits-enfants. Elle leur apprendra des comptines, tressera les cheveux des filles, vérifiera du coin de l'œil que ses amies la regardent avec envie.

Les nuits où il ne trouvera pas le sommeil, Olujimi sortira sur sa terrasse en robe de chambre. Il dissoudra sa frustration dans l'âpreté d'une bouteille de gin. Au clair de lune, il fumera une cigarette, puis deux, puis trois, puis le paquet entier. Il écoutera une chanson qui lui rappellera son Mirko : « *Baby Pana. My love for you will never die, never die* ». Dans la pénombre enveloppante des nuits abujanaises, bercé par l'écho des rythmes afropop, il se repassera le film. Les soirées en boîte, les célébrités qu'ils croisaient parfois. L'élite, la jeunesse dorée. Leurs courses-poursuites sur des routes désertes, lui dans sa Toyota, Mirko dans son Audi. Les levers de soleil sur les collines rocailleuses. Leurs fous rires. Les happy hours, les bières, les gin-tonics. Les cendriers pleins à craquer. Les parfums étourdissants, surtout celui de Mirko.

Les robes à paillettes qu'Olujimi osait enfin porter, et qui lui allaient si bien. Le regard amoureux que Mirko posait sur lui.

Olujimi avait toujours voulu porter des robes. Quand il était tout jeune adolescent, son père Adebayo partait de temps en temps en déplacement à Abuja pour la semaine, et revenait le vendredi, roulant des mécaniques, les bras chargés de cadeaux pour Yejide et de journaux pour les garçons. Tandis que les grands s'arrachaient gentiment les pages sport du *Daily Trust*, Olujimi détachait le supplément de papier glacé au milieu du journal, le cahier lisse des pages mode et people. En s'installant à la table de la cuisine, il sentait son cœur battre un peu plus fort que d'habitude. Chaque page tournée soulevait une vague de plaisir. Un monde fascinant s'ouvrait à lui, un monde de beauté, de glamour. Un monde à portée de main.

Ils habitaient à Lokoja, un port fluvial à quelques heures de route seulement de la capitale, implanté à la confluence du fleuve Niger et de la rivière Bénoué, son principal affluent. Il avait douze ans, il n'avait pas la moindre idée de ce qu'il voulait faire plus tard. Tout ce qu'il savait, c'est qu'il voulait être dans ces pages. Rire avec ces gens, porter ces diamants, et surtout, une de ces jolies robes pailletées. Badigeonner ces fards sur ses paupières. Du pourpre, de l'or, du parme, du rose bonbon. Il avait tout de suite deviné la plénitude que cela pourrait lui apporter. C'était comme s'il avait découvert un bourgeon en son for intérieur, un bourgeon qui ne demandait qu'à éclore. Olujimi avait toujours aimé les métaphores fleuries. Pensant qu'il s'agissait d'une ambition sérieuse et respectable, il avait un jour confié ses aspirations à sa mère. Yejide était accroupie devant le frigo, elle sifflotait en réorganisant les Tupperware, le moment était bien choisi pour lui faire la conversation. Elle s'était interrompue et l'avait regardé d'un air curieux. Elle avait ri, quelques secondes, d'un rire étrange, défigurant son visage. Puis elle s'était redressée péniblement – elle était plutôt lourde – et s'était mise en colère, brutalement, comme elle le faisait parfois.

Olujimi en tremble encore. Il ouvre le journal et prend son temps pour en tourner chaque page, comme il le faisait lorsqu'il était enfant. Il revoit encore sa mère lui arracher le magazine des mains et le déchiqueter en mille morceaux, sous les yeux éberlués de ses frères. Il revoit ses pognes potelées s'écraser sur son visage, se souvient de la douleur qui lui avait coupé le souffle, entend encore le sifflement dans ses oreilles. Il réprime un frisson.

Ses doigts cherchent le supplément de papier glacé, son excitation est indescriptible, si forte qu'il craint qu'un faux geste ne froisse le journal, qu'une goutte de sueur ne tombe là où il ne faut surtout pas. La colonne qui lui est consacrée occupe un quart de page, l'avant-dernière du supplément. Il arrête son regard sur la photo, un cliché très glamour, passé sous plusieurs filtres, une capture d'écran issue de son compte Instagram et sous-titrée #outfitgoals, #fashiondesigner, #madeinnigeria, #masterofstyle, #followme.

Olujimi est appuyé contre la carrosserie d'une voiture de luxe, une élégante Bentley noire qui ne lui appartient pas et qu'il frôle à peine, du bout des fesses, de peur de déclencher l'alarme. Il porte une de ses créations, un combishort en lin imprimé de rayures blanches, noires et jaune moutarde, et laissant apparaître les trois quarts de ses jambes fuselées. Ses muscles sont apparents sans être trop saillants. Olujimi est satisfait. Il se redresse sur sa chaise, inspire un grand coup, et lit, d'un trait, les quelques lignes à son sujet.

> Unique en son genre – « Jimi Oh », de son vrai nom Olujimi Adenuga, l'étoile montante d'une mode résolument moderne.

Les pièces originales confectionnées par le jeune styliste nigérian plairont aux hommes, aux femmes, mais aussi et surtout à celles et ceux qui ne se reconnaissent pas forcément dans l'une ou l'autre catégorie.

Originaire de Lokoja dans l'État de Kogi, Olujimi Adenuga vit et travaille aujourd'hui à Abuja, la capitale de notre république fédérale du Nigeria. En exclusivité pour le *Daily Trust*, il lève le voile sur ses ambitions, tant politiques qu'artistiques :

« La mode, ce n'est pas juste la beauté, le glamour, des fringues originales et flashy. La mode, ça peut être aussi la clé du progrès. On peut clamer son féminisme, sa liberté sexuelle avec un bout de tissu. La mode, lorsqu'elle embrasse la politique, peut bousculer les mœurs, la foi, les lois. »

Olujimi Adenuga a vingt-sept ans et compte trente-trois mille abonnés sur sa page Instagram @jimi_oh qui lui sert de showroom. Sa marque « Jimi Oh » a d'ores et déjà séduit la jeunesse dorée de la capitale nigériane et s'apprête à conquérir une clientèle plus internationale à Lagos et à l'étranger.

5

Les nuages gonflent, le vent soulève le feuillage des grands manguiers semés dans le quartier. Le béton craquelé dans la rue attend l'orage, ce sont les derniers jours d'octobre, les derniers jours de la longue saison des pluies. Zainab prête l'oreille au gargouillement de la cafetière. Il la tient en haleine pendant les premières minutes qui suivent le réveil, celles où ses gestes sont maladroits, et où les rêves de la nuit donnent le ton de la journée, parfois dans la douceur feutrée d'une agréable réminiscence, d'autres fois dans une confusion kafkaïenne qu'elle ne cherche pas à interpréter. Elle se concentre ensuite pour verser le breuvage noir dans une tasse en émail aux couleurs de l'Union Jack. KEEP CALM AND DREAM BIG, dit la tasse chaque matin. Depuis qu'elle l'a trouvée, à Londres, dans une boutique de cadeaux, elle n'a plus su s'accommoder d'une autre. Depuis ce séjour au Royaume-Uni,

Zainab ne s'accommode plus non plus du sempiternel café soluble plébiscité par ses pairs, l'indétrônable Nescafé qui l'écœure tant. Pour le café, Zainab est exigeante. À Abuja, elle trouve à un prix tout à fait exorbitant du Lavazza moulu.

À huit heures, le ciel roule de gros cumulus rampants, si gros, si bas qu'ils touchent le sommet de la célèbre Millenium Tower, cette fois-ci vêtue de gris, ses trois immenses noyaux cylindriques en béton. Le tonnerre gronde, des trombes d'eau s'abattent sans relâche sur les pans de verre des studios de télévision. De l'intérieur, on entend le déluge, les palpitations brutales de la pluie contre l'architecture. Mais on ne devine rien de la lourdeur épouvantable qui règne dehors. La climatisation souffle à plein régime. Zainab arrive dans le hall, pénètre dans la cabine vétuste de l'ascenseur tout en métal, appuie sur le bouton encrassé du onzième étage. Elle traverse ensuite l'open-space, portée par les sonneries des téléphones portables posés sur les bureaux en formica. Au-dessus de sa tête, un faux plafond en gypse et quelques néons blancs. Sur son bureau, un fatras de revues et de journaux. Elle ne s'y arrête que quelques minutes, tente en vain d'y mettre de l'ordre mais elle perd rapidement patience, l'heure tourne et la voilà déjà qui traverse dans l'autre sens la grande salle de rédaction. Une moquette gris-mauve un peu fanée absorbe le bruit de ses pas déterminés. Pivoine, violette, freesia, jasmin, muguet – son parfum flotte dans son sillage, remonte à ses narines du coton blanc de sa blouse. L'ascenseur s'annonce dans un bip sonore, les portes s'ouvrent sur la carrure de Ben Oke, le directeur des programmes. Il la voit, lui sourit et l'embrasse affectueusement. Le boss est élégant comme à son habitude, il porte un costume indigo, chemise blanche et cravate assortie au costume. Ben est un homme classique, il ne s'est jamais laissé tenter par le retour en force des tenues traditionnelles. Les agbada yoruba, les chapeaux brodés, le « trad » – si plébiscité soit-il par la jeunesse nigériane –, ce n'est pas pour lui. Il n'est plus tout jeune, à vrai dire, mais personne ne connaît son âge véritable, il se plaît à le garder secret.

Zainab entre dans l'ascenseur, la porte se referme. Elle sort au dixième étage. Des couloirs sombres mènent aux studios. Dans les loges, sous les rectangles colorés des palettes de fards, elle se prête à une brève retouche cosmétique. Le visage de la maquilleuse frôle le sien. Un peu plus d'anti-cernes aujourd'hui.

« Sacré week-end, n'est-ce pas, sister ? »

Nafisah lui sourit en terminant son trait de pinceau, ajoute une touche de rose sur les joues. Ensuite, elle marque le contour des lèvres au crayon, ouvre un tube et les colore de zinzolin. Zainab contemple d'un œil critique son reflet dans le miroir, lève le menton, incline son visage, d'un côté, puis de l'autre. Une bouche luisante esquisse enfin un rictus satisfait.

Le battement irrégulier de ses cils trahit son impatience. Une émotion la domine, un seul désir ardent, briller à l'écran. Sa chronique, « Ondes positives, l'info qui fait du bien », est une courte parenthèse, un mélange d'information et de divertissement diffusé stratégiquement dans le dernier quart d'heure de l'émission et consacrée aux bonnes nouvelles. Ses histoires à succès viennent habilement contrebalancer les images anxiogènes qui inondent les médias le reste du temps.

Antenne dans trente secondes. De l'autre côté des rideaux noirs, sur le plateau aux cloisons rouges, un fauteuil de bureau à roulettes l'attend, à la droite des deux animateurs de *Sunrise Daily*, Ayo Blaze et Kayode Ekwere. Ils sont en train de conclure, l'assistante plateau lui fait signe de s'avancer. Zainab est prête à dérouler sa chronique. Vingt secondes. Elle se redresse. Dix secondes. Elle ferme les yeux, inspire par le nez, une très longue inspiration. Cinq secondes. Le temps s'immobilise pour elle. Quatre. Trois. Deux. Un. « Mesdames, messieurs, la matinale s'achève dans quinze minutes, nous accueillons à présent Zainab Aliyu et sa chronique, "Ondes positives". » Roulement de tambour, jingle, sourire figé, prompteur.

Quand l'émission est terminée, elle retrouve son bureau et ses piles de journaux. La pluie a cessé pendant qu'elle était sur le plateau. L'orage était violent mais bref, peut-être le dernier de l'année. Zainab avale un antalgique, la tension du direct retombe mais l'urgence de planifier les chroniques suivantes l'absorbe tout entière. Elle épluche la presse, feuillette toujours ses quotidiens à rebours, les pages culture et people en premier, l'actualité politique pour finir, où les chances de dénicher ce qui l'intéresse sont moindres. Elle est à la recherche d'histoires vécues, témoignages d'audace et de courage, destins individuels qui parlent à tous et transforment les regards en y insufflant des tonnes de rêve. Il faut que ces anecdotes trouvent une très forte résonance en elle pour qu'elle arrive à les valoriser sur le petit écran. Sa quête en ce moment est fastidieuse, la campagne présidentielle vient de démarrer et occulte le reste. Depuis le début du mois d'octobre, les primaires battent leur plein et l'actualité est chargée d'infos peu réjouissantes, chômage, corruption, violences, terrorisme, les perpétuels déboires de son pays, le Nigeria. Zainab est aujourd'hui contrainte de se replonger dans des journaux plus anciens.

Son regard est tout à coup aimanté vers une colonne dans les pages people d'un *Daily Trust* froissé et taché de café. Le journal est paru au début du mois, soit il y a déjà plus de trois semaines. Ses yeux s'attardent tout d'abord sur la photo d'illustration, le cliché très glamour d'un jeune homme androgyne appuyé contre la carrosserie d'une voiture de luxe. Il porte un ensemble audacieux et coloré qui laisse apparaître les trois quarts de ses jambes. Intriguée, elle lit les quelques lignes à son sujet, puis passe rapidement à son compte Instagram, scrolle avec allégresse sur la page du jeune styliste. Zainab est éblouie. Les photographies d'Olujimi Adenuga défient toutes les conventions du genre, que ce soit en ce qui concerne la lumière, le cadrage ou bien la posture. Il en émane une émotion sans filtre, et c'est bien le comble car les couleurs ont souvent été ostensiblement retouchées. Quant à ses créations, surtout ses imprimés, ils sont très accrocheurs. Olujimi Adenuga semble poser pour être libre, on dirait que pour satisfaire ses abonnés, il s'efforce de s'affranchir des démons qui pourraient le poursuivre, ceux que la société jette à sa poursuite. Les images parlent, subliment le plaisir qu'il éprouve manifestement à être créateur de mode. Elles disent tout de l'euphorie et des rêves tabous qui brillent dans ses yeux pétillants. Il est ce qu'elle a vu de plus vivant.

La mode est un secteur d'avenir au Nigeria, c'est un champ magnétique fascinant, Zainab est bien placée pour le savoir, mais au-delà de tout aspect économique, c'est aussi une autorité, un empire, voire une religion de plus – nulle âme ne peut prétendre pouvoir s'y dérober. La mode unisexe n'a pas encore pris au Nigeria, c'est quelque chose de nouveau. Olujimi Adenuga semble chercher la lumière comme un papillon de nuit. Du pain béni pour ses « Ondes positives ». Clic, la voilà qui le suit.

6

Trois cent cinquante-sept notifications sur Instagram. Vingt-quatre appels en absence. Soixante-dix-neuf messages non lus. Et des nouveaux abonnés par milliers. Olujimi perçoit, impuissant, une mutation en lui. Les sensations qui affluent sont troublantes, parfois contradictoires. C'est une force qui l'élève, le brûle et semble capable de bloquer ses capacités de concentration. Ses pieds semblent légers, sa tête lourde et chaude. Il transpire plus qu'à l'accoutumée, son pouls s'affole par moments. Il est conscient d'avoir enclenché quelque chose, et cette chose a pris la main. Il rafraîchit une fois de plus la page de son compte Instagram. Une centaine d'abonnés de plus en seulement trois minutes. Quant aux likes, ils tombent sans relâche. Il frémit. L'exposition est inédite, brusque, inattendue. Il est pris au dépourvu. Que s'est-il passé ? Il interrompt ses chers croquis de mode, relit l'article paru la veille, à l'origine du buzz. Il le connaît par cœur, mais il veut vérifier encore une fois, une dernière fois, qu'il n'a pas fait de bourde. Il bute à nouveau sur le passage qui le tracasse : « On peut clamer son féminisme, sa liberté sexuelle avec un bout de tissu. »

Il avait longtemps hésité sur la formulation, il n'était pas sûr, « identité sexuelle », « liberté sexuelle » ou « liberté » tout court. Il avait soupesé chaque mot, il en avait sondé la portée, anticipé les conséquences. Les hommes qui brisent les codes, qui osent un trait de rouge à lèvres, des chaussures à talons, des robes… la presse n'a rien contre ce genre d'histoires. Les Nigérians ne sont pas dérangés tant qu'il s'agit – explicitement – de divertissement. Mais lorsque l'on en vient à la question de l'identité, de l'identité sexuelle, là, c'est plus compliqué. Les conservateurs font entendre leur voix. Sur Instagram, on l'accuse régulièrement de faire l'apologie de l'homosexualité bien qu'il n'ait toujours pas fait son coming-out. Olujimi avait finalement opté pour « liberté sexuelle », un compromis acceptable à ses yeux. Il essaye de ne pas paniquer. Il sait jusqu'où il peut aller, il sait où sont les limites. Sur les conseils avisés de son père, lui-même juriste de formation, il avait fait des études de droit.

« Le droit peut mener loin. » Ah, ça, le mantra de son père résonnera toujours en lui. Dans les années 2000, Adebayo vouait un culte étrange au ministre de la Justice et procureur général de l'État de Lagos, un dénommé Yemi Osinbajo, diplômé de la prestigieuse London School of Economics, avocat et professeur de droit à l'université de Lagos. Il était yoruba, de surcroît, et pasteur évangélique de l'Église chrétienne des rachetés de Dieu, ce qui boostait considérablement son capital sympathie dans la famille Adenuga. « Un homme bon et intègre », avait un jour assuré Adebayo, en accrochant un portrait de son « ministre et pasteur préféré » dans la cuisine, au-dessus du frigidaire, à droite du crucifix, sous le néon verdâtre qu'ils allumaient chaque soir, dès la nuit tombée, entre six et sept heures.

C'était un souvenir anodin, qui refluait. Sans raison apparente, sans qu'Olujimi sache trop pourquoi, les mots, l'éclairage, les moustiques, le grésillement de l'huile sur la gazinière, l'odeur rance qui s'en échappait, le portrait, et même l'humidité des soirs étaient restés indemnes dans sa mémoire. Lorsqu'ils dînaient, Yemi Osinbajo les observait de ses yeux en soucoupes à demi fermés, sourire pudibond, awolowo noir vissé sur la tête. Après le bénédicité, Adebayo envoyait un baiser vers le crucifix, parfois accompagné d'un clin d'œil à ses fils. « Amen. » Des années plus tard, lorsque Yemi Osinbajo avait été élu vice-président du pays aux côtés d'un puissant général à la retraite, Muhammadu Buhari, sunnite, ancien putschiste en mal de pouvoir, Olujimi avait pensé à son père. Il s'était demandé si Adebayo avait voté comme la logique le voulait pour le président sortant, Goodluck Jonathan, sudiste et évangélique, ou bien s'il avait donné sa voix à l'ancien dictateur, nordiste et musulman, pour soutenir Yemi Osinbajo, son idole pentecôtiste, dans son ascension. Quand Adebayo avait officialisé son adhésion au Congrès des progressistes, le parti de Muhammadu Buhari, et décroché un « petit poste gouvernemental » quelques semaines plus tard, Olujimi avait eu sa réponse. De surcroît, il avait la confirmation que ce que disait son père était vrai. Le droit pouvait décidément mener vraiment très loin.

C'était en 2015, et un vent d'euphorie soufflait sur le pays le plus peuplé d'Afrique. L'ancien dictateur avait réussi sa conversion à la démocratie et avait élu domicile à l'Aso Rock Villa, le palais présidentiel. Muhammadu Buhari, l'inflexible, et son bras droit Yemi Osinbajo, l'homme intègre ; le tandem semblait fonctionner à merveille, en marche contre la corruption, insufflant l'espoir et l'optimisme chez tous les Nigérians. Tous, ou presque. Olujimi n'avait pas voté. Un conservateur du Sud contre un traditionaliste du Nord, pour lui, c'était du pareil au même. Croupir en prison dans l'attente d'un procès imaginaire, ou être pourchassé à vie à coups de caillasse : telles étaient les perspectives qui s'offraient à lui. Aucun de ces vieux messieurs n'avait l'intention de s'attaquer aux discriminations dont il était victime et qui, à ses yeux, faisaient bien plus de ravages dans le pays que cette « gangrène » de corruption dont tout le monde parlait.

Au même moment, Olujimi avait senti qu'il était arrivé au bout de ses études de droit. Il cherchait depuis des mois un directeur de thèse capable de le superviser dans sa dissertation sur les droits des homosexuels. Sans succès. Il avait eu beaucoup moins de mal à décrocher un job d'assistant-styliste chez Bella Naija, à Lagos, l'illustre magazine de mode en ligne, la bible en la matière – et il avait presque regretté de ne pas avoir tenté sa chance plus tôt. Anticiper les nouvelles tendances, parler du style des Nigérians, plonger corps et âme dans cet univers bruyant, puissant, éclectique : il était né pour ça. À Lagos, il avait appris à agencer un moodboard, à choisir des looks, assembler des silhouettes pour les shootings photo que l'on retrouvait ensuite dans les pages de la revue web. Souvent, il avait carte blanche pour la sélection d'accessoires, chaussures, lunettes et bijoux. Son ascension dans le milieu avait été rapide, en quelques mois seulement, le job s'était avéré aussi tentaculaire que la mégapole chaotique qui avait bien voulu donner une chance à ses débuts. Il voyait passer des collections inédites, supervisait des défilés aux côtés de grands noms de la mode. On lui confiait parfois le casting des mannequins, les coiffures, le maquillage. Il était devenu quelqu'un. Il n'était pas particulièrement fan de Lagos, de sa brutalité, de ses casse-têtes infrastructurels. Il détestait par-dessus tout ses effluves d'essence et d'eau croupie, ses bouchons monstrueux, son arrogance saugrenue. Il aimait cependant son métier. Un jour viendrait, il le savait déjà, où il se mettrait à son compte et quitterait la ville.

Olujimi allume une cigarette et sort sur sa terrasse. Sa photo dans les pages people, c'était son rêve de gosse. Il veut prendre une minute pour se gargariser de cet amour-propre revigoré. Il se demande si Dieu est avec lui, si c'est lui qui a donné corps à ses fantasmes. Dieu y est forcément pour quelque chose. Sinon qui, ou quoi ? Tous ces « Amen » récités le soir avant de dormir ont peut-être finalement payé. Dieu est là, il ressent sa présence parfois. Il la ressent en ce moment précis. Il se sent épaulé. Dieu a un plan pour lui. Dieu a un plan pour chacun. Et le voilà qui vise déjà plus grand, plus international. Il aspire à d'autres portraits, une double page dans *Vogue UK* ou dans le magazine français *GQ*. Une photo immense, si grande que l'on pourrait compter chacun de ses cils, en admirer la densité. Olujimi se surprend à y croire. La vie lui sourit enfin.

Son portable se met à sonner. À la vue du préfixe téléphonique, il comprend bien vite qu'il s'agit d'un numéro allemand. Y a-t-il encore une chance, une toute petite chance que ce soit Mirko ? Il se défend d'y croire, mais ne peut s'empêcher de ressentir une déception monstre lorsqu'une voix féminine prononce son nom, « Olujimi ? » dans le combiné.

7

Olujimi raccroche le téléphone. Ses mains sont moites, agitées de petits mouvements convulsifs qu'il essaye de contrôler, sans succès. Il pose doucement l'appareil sur la table en prenant garde de ne pas l'échapper, comme si l'appel qui venait de prendre fin en avait considérablement augmenté la valeur. Un numéro allemand. Il n'était pas passé loin de la crise cardiaque. Il éponge la sueur qui perle à son front, à ses sourcils, à l'ourlet de ses lèvres. D'une main de plus en plus tremblante, il allume encore une cigarette. Il jure à voix haute : « *What… the… fuck ?* » Était-ce un rêve, un rêve éveillé ? Son jour de chance ?

Il essaye de rassembler, d'ordonner, vite, les bribes de conversation qui bondissent gaiement dans son cerveau grisé, transi de joie et de surprise. Berlin. Fashion Week. Jeunes talents. International. C'est ça. « Un défilé exclusif », avait dit la dame au téléphone. « Pour faire connaître les jeunes talents du monde entier. » Mi-février. Un concours. « Designer for Tomorrow. » Marc Jacobs. « Oui, Marc Jacobs », avait-elle répété, un peu agacée. Dans le jury. « Oui, le designer. »

Dès qu'il a entendu son nom, le cœur d'Olujimi s'est mis à battre comme le tic-tac d'un compte à rebours, une machine infernale, hors de contrôle, prête à exploser. Marc Jacobs. Une de ses idoles de jeunesse. Le dieu du « funk, trash, chic ». Le rétro, les années soixante-dix. Le fun. Les couleurs porte-bonheurs. L'exubérance, l'élégance. L'équilibre. Il porte son parfum, *Daisy*, un floral frais au bouchon en forme de marguerite. Depuis dix ans. Il se l'est complètement approprié. Le célèbre flacon le suit partout. Il a tout vu, tout entendu. Il a côtoyé les lavabos les plus vétustes, posé le temps d'une nuit sur le rebord d'une vasque bancale, fissurée, souillée de terre et d'excréments de cafards. Il n'est pas étranger non plus aux salles de bains les plus sélects, au marbre beige des grands hôtels, à leurs miroirs dorés. Il a sublimé des nuits frénétiques, édulcoré des matins chagrins. À chaque pschitt, Olujimi s'enivre d'un cocktail de pétales de violette, de jasmin et de gardénia, d'effluves veloutées, parfaitement délicieuses. À chaque inhalation, il s'enivre de lui-même, des souvenirs que *Daisy* l'aide à perpétuer.

Marc Jacobs, c'est aussi un mantra, une formule magique, aux antipodes du conformisme dans lequel il baigne depuis tout petit. Les jours de bourdon, à l'école et bien des années plus tard, au travail, il aimait griffonner les mots du créateur sur un bout de papier, un cahier, un agenda, les pages d'un magazine, parfois même, à l'intérieur de son bras ou sur la paume de sa main : « On ne peut pas plaire à tout le monde, et c'est bien mieux ainsi. » Est-ce qu'Olujimi Adenuga confirmait sa participation, avait insisté la dame au téléphone, à bout de patience. Oui, bien sûr, il confirmait, il confirmait. Il avait juste eu le temps d'entendre un dernier « *amazing* » au bout du fil, qu'elle avait déjà raccroché.

S'il perd le concours, il pourra toujours faire confiance à son mantra, et se dire qu'en fin de compte, c'était peut-être mieux ainsi. S'il gagne, en revanche, la récompense est de taille. Le prix s'assortit d'une grasse rétribution pour développer son atelier et, ô sésame, d'un ticket d'entrée à la Fashion Week de New York où il pourra présenter, l'an prochain, en septembre, son propre défilé avant celui de Marc Jacobs. Une chance unique. Sa chance à lui. Berlin, d'abord. La ville de Mirko. En février. Avec un peu de chance, sous la neige. Olujimi ne peut lutter, les images s'empilent joyeusement dans sa tête. Un podium épuré, une collection fraîche, bigarrée, qui lui ressemble. Il lui faudrait trouver un nom à la collection. Dix looks, des mannequins androgynes. Pas de distinction des sexes. Il ouvre un tiroir de son bureau, sort un carnet, commence à esquisser des silhouettes, note ses idées au fur et à mesure qu'elles lui viennent. Il s'y voit déjà. Il viendra recueillir les applaudissements à la fin du défilé. Ses créations auront fait sensation. Tout le monde saura qu'il a gagné, mais on fera durer le suspense, par amour du spectacle. Marc Jacobs enverra des clins d'œil éloquents à son nouveau poulain.

Mi-février. Le départ est prévu le soir même de l'élection présidentielle au Nigeria. Cette idée le fait sourire. Le calendrier tombe à pic, l'idée de filer en douce le jour où son pays signe sans états d'âme pour quelques années supplémentaires de misère et d'humiliations ne le dérange pas le moins du monde. Il aura une bonne raison de ne pas voter et s'en réjouit. Il remercie Dieu. Il n'a que quatre mois devant lui. Quatre mois et deux semaines, exactement. On lui demande de présenter une collection inédite. Rien qui n'ait été déjà vu sur les podiums nationaux, ni sur les réseaux sociaux. Il n'y a pas une minute à perdre. Mais d'abord, il est temps d'annoncer la bonne nouvelle à ses abonnés.

Artiste des temps modernes, Olujimi égraine ses émotions sur Instagram. Comme tous les jeunes de son âge, il met des hashtags sur ses maux, son spleen ou son émoi, qu'il soit #heartbroken, #lonely ou plutôt #happy et #thankful. Une palette de filtres préconçus lui permet d'apaiser ses humeurs ordinaires, Juno contre la morosité, Aden contre la colère, Lark et son bleu indigo contre l'anxiété et le désespoir.

Olujimi ouvre la double porte de son dressing, s'y aventure lentement en effleurant, du bout des doigts, chaque chemisette. Il s'arrête, revient sur ses pas, sort de sa penderie une pièce multicolore, celle qu'il portait le jour de ses adieux à Mirko, les premiers adieux, les adieux physiques. Un wax moderne et graphique où explosent des fleurs d'hibiscus orange et fuchsia. Un imprimé censé porter chance en affaires, synonyme de richesse et de réussite. Il l'a lavée depuis, mais ne l'a pas reportée. Il l'enfile solennellement devant le miroir. Il est ému. Il passe ensuite un coup de mascara sur ses cils, vérifie la blancheur de ses dents, s'asperge d'une bonne dose de *Daisy*. Il inspire un grand coup. Il considère en une demi-seconde de vertige les milliers de nouveaux followers auxquels il s'adresse à présent. À ce rythme-là, il atteindra les cent mille abonnés avant la fin de l'année qui approche à grands pas. Bye bye, micro-influenceurs, @jimi_oh va entrer dans la cour des grands. Les notifications indiquent de plus en plus de commentaires non lus. Il choisit de les ignorer pour l'instant. Il sait pertinemment qu'il n'échappera pas aux insultes homophobes. Il ne veut pas gâcher son euphorie.

L'écran est cadré sur son visage, on ne voit que le col bariolé de sa chemise. Il déboutonne le bouton du haut, puis, après hésitation, le reboutonne. C'est mieux jusqu'au cou. Il pose sur son nez de fausses lunettes de vue, à la monture ronde et écaillée. Ça fait toujours bon effet, les lunettes. Ça lui donne des airs de jeune premier. Il tente une duckface. Non, trop 2015. Il essaye un simple haussement de sourcil à la place. Finalement il plisse les yeux, prend un air mystérieux et interrogateur, pose deux doigts sur son menton. Il choisit le filtre Ludwig, qui lui semble porteur d'espoir et d'optimisme. Les hashtags coulent de source : #berlinfashionweek, #designerfortomorrow, #marcjacobs, #berlin, #fashion, #design, #fashiondesigner, #cantwait, #happy, #jimioh, #naija, #rockinit. Ce n'est pas trop, non, ce n'est jamais trop. Ah, #godisgood, ça le fait toujours, et #thankful, il a presque oublié #thankful. Voilà. Il n'a plus qu'à appuyer sur publier. Mais avant de poster ses clichés sur les réseaux sociaux, Olujimi a pris l'habitude de les envisager à travers différents prismes. En premier lieu, celui, inquisiteur, de ses parents, de fervents chrétiens évangéliques. Que vont-ils penser, commenter, condamner ? C'est embarrassant – atroce parfois –, mais il ne peut s'en empêcher. Puis celui, non moins indiscret, de ses amis d'enfance. Ce n'est pas une mince affaire non plus. Ah, c'est qu'il a bien changé, le petit garçon qui récitait la Bible, bien propre dans son uniforme d'écolier. La gêne s'invite aussi, mais lorsqu'il est en forme, il s'en fiche. Il passe. Enfin – il garde le meilleur pour la fin – celui de ses amours potentielles, qui veulent le voir fier. Il n'oublie pas non plus ses quelques partenaires commerciaux qui le soutiennent et pour qui rien n'est jamais trop. C'est à ce moment-là, en général, qu'il appuie sur publier.

8

Un camp de déplacés internes en périphérie d'Abuja. La route qui y mène est large, si large qu'à son orée on la prendrait sans hésiter pour un immense terrain vague, une mer de latérite, défoncée de nids-de-poule. Sur les bas-côtés s'amoncelle une écume de déchets, les ordures ménagères d'une banlieue pauvre du territoire de la capitale fédérale. La route se rétrécit ensuite tel un goulet d'étranglement à travers une broussaille de plus en plus haute et épineuse, jusqu'à ce que l'on distingue, derrière un muret en parpaing, quelques préfabriqués et des milliers d'abris de planches de bois, de tôle et de sacs de ciment.

Une fourgonnette de télévision avance vers le plus grand des trois préfabriqués, un atelier de réinsertion pour les femmes du camp. Le véhicule s'arrête dans un nuage de poussière rouge. Zainab Aliyu en descend la première, suivie d'Uyi Ojukwu, un jeune stagiaire, caméra à bout de bras. Zainab chasse de ses mains la nuée d'insectes qui virevoltent autour d'elle. Elle lève les yeux un bref instant du côté des collines, elle scrute l'horizon à la recherche des nuages couleur de suie. Elle espère qu'ils viendront encore, une dernière fois, rincer cette terre déshydratée de leurs gouttes fertiles. Mais en ce jour de novembre, le ciel est précocement blanc, comme les jours d'harmattan.

Uyi claque la porte du camion, la silhouette longiligne du jeune homme se découpe sur la terre ocre tandis qu'il chausse des lunettes de soleil steampunk et lève les yeux vers le ciel. « L'énergie de ce lieu, dit-il en posant son regard sur les abris de fortune, j'adore. » Ses lèvres s'ouvrent sur un large sourire, il a les dents du bonheur. Son T-shirt blanc est déjà taché de cette poudre qui s'infiltre partout, on dirait que c'est fait exprès. Son look est soigné, complété par de fines dreadlocks qui rebondissent sur son crâne au moindre de ses mouvements. Ses doigts tapotent contre le boîtier de la caméra, un signe de nervosité. Il n'y a sinon aucun bruit.

Zainab pénètre dans l'atelier, une cohorte d'enfants de tous les âges l'accueille, certains à demi nus. À l'intérieur de ce préfabriqué, les sons se superposent, en contraste avec le silence du dehors. C'est une cacophonie d'intensité variable, imprévisible. Une cinquantaine de femmes piquent, pédalent, repiquent dans un va-et-vient machinal et maîtrisé. Elles semblent avoir trouvé la paix – ou quelque chose qui y ressemble drôlement – dans ce concert de frottements, de cliquetis, de sonorités mécaniques incessantes.

Le soleil brûle à travers la tôle. Uyi souffle sur la lentille et braque la caméra vers les femmes en mouvement. Il disparaît derrière le boîtier noir comme s'il avait fait ça toute sa vie. Zoom sur le tissu wax, les robes mermaids, les mains fluettes qui courent sur le tissu, les chutes de coton. Gros plan sur les bobines de fil, sur les machines à coudre, des Butterfly fabriquées en Chine, bon marché mais élégantes, noires, de style vintage, marquées de lettres dorées. Des lambeaux de tissus bariolés s'entassent sur le sol, des bébés aux bras maigres et au ventre proéminent rampent et se roulent dedans. Dans une pièce séparée, deux jeunes femmes échangent leurs impressions avec Zainab en tâtant de flamboyants tissus. Les cloisons sont recouvertes d'images et de mots, fils conducteurs de leurs projets, ébauches de leurs collections. Safia et Aïssa se disent sœurs mais elles ne se ressemblent pas.

Safia a le visage ovale et les pommettes saillantes. Sa peau est claire, ses yeux sont grands et écartés. Elle porte à sa narine droite un large anneau doré. Aïssa est plus petite, sa peau plus foncée, son visage est rond et plein. Toutes les deux ont les cheveux tressés et portent les marques tribales des femmes kanouri, deux scarifications descendent sur chacune de leurs joues comme des larmes, une troisième traverse leur front et se termine sur leur nez.

Safia a vingt-huit ans, sa sœur Aïssa en a dix-neuf. Elles sont tout l'une pour l'autre, tout ce qu'il reste l'une à l'autre. Il y a quatre ans, elles quittaient la maison familiale à Damasak, dans l'État de Borno, à l'extrême nord-est du pays, à quelques mètres seulement de la frontière avec le Niger. La famille était dans l'artisanat, fabriquait et vendait des poteries, des calebasses, de la maroquinerie. Les deux fils de Safia, Yusuf et Zakari, avaient à l'époque neuf et dix ans. Ils étaient à l'école quand les djihadistes de Boko Haram étaient venus les kidnapper, avec plusieurs centaines d'autres écoliers.

— Ils sont arrivés, ils ont installé leurs quartiers à l'école primaire, puis ils ont emmené les garçons dans la brousse, se souvient-elle. Ils contrôlaient déjà la ville, brûlaient, tuaient.

Les balles sifflaient, il y avait des cris de chiens, des coups sourds, des choses qui s'effondraient. Et surtout, mes garçons n'étaient plus là. Mon mari Mustafa m'a demandé de fuir, il m'a promis qu'il les retrouverait.

Une tristesse immensurable flotte dans l'air lourd et moite de l'atelier. Zainab écoute la voix de cette femme qui parle haoussa, elle sent les larmes monter, des larmes contenues mais qui ont toujours été là. Elle se demande pourquoi les larmes montent en elle, à cet instant précis, est-ce la voix de la jeune femme, étouffée, comme si on lui avait interdit de parler, ou bien la langue, cette langue si familière, sa langue maternelle, ce verbe qui s'était éteint, il y a longtemps déjà, là-bas, aussi, à l'orée du Sahel. Un silence endeuillé s'installe et s'accroche aux étoffes sur lesquelles Zainab pose à présent son regard embué. Aïssa fouille un tas de tissu et en sort une pièce inachevée, un simple maillot en coton blanc et où s'esquissent de délicates broderies haoussa dans les tons ocres et bleus. Elle l'approche de Zainab, pour voir s'il lui irait.

— On n'a jamais vraiment connu le buzz, dit Aïssa en époussetant le T-shirt. Les choses se sont faites petit à petit, grâce au bouche-à-oreille et, bien sûr, grâce aux réseaux sociaux.

— Depuis trois mois, ajoute Safia, nous ne dépendons plus de l'aide humanitaire. Nous pourrions vivre en autarcie.

Avant de partir, Zainab reste un instant sur le seuil de l'atelier. Uyi s'est assis à l'arrière de la camionnette, il se roule une clope. Le soleil brûle et sa chaleur entre en elle, la fièvre envahit son corps. La terre craquelée attend un orage qui ne viendra pas. Une odeur hante ce lieu, se dit-elle, une odeur de benzène et de fumée, une odeur fielleuse, mi-âcre, mi-sucrée. À travers la porte entrouverte, Zainab dévisage encore, une dernière fois, ces femmes. Elles portent leurs traumatismes avec une résilience étonnante. Il y a une telle force dans leurs visages en sueur, dans les cris dispersés de leurs enfants malnutris, une telle puissance dans cette envie d'aller de l'avant, une envie remarquable et invincible.

La journée est bien avancée et le ciel est très coloré, bleu saphir au zénith et déjà jaune à l'horizon. La nuit va tomber plus vite que prévu. Ces femmes sont l'espoir, pense Zainab, un souffle créatif anime ce préfabriqué. Elles sont des artistes, elles qui font pousser des fleurs de coton blanc sur les cendres nauséabondes du djihadisme. C'est peut-être le début d'une révolution. Elle reste plantée là, sur ce seuil, quelques minutes encore, jusqu'à ce que le soleil décline et fonde. Elle essaye de visualiser les garçons disparus. Mais tout ce qu'elle voit, c'est la silhouette de sa mère, disparue elle aussi.

Sur le retour du camp, le silence est pesant. Uyi ne prononce pas un mot, Zainab conduit sans vraiment regarder la route, les yeux dans le vide. Elle tient le volant de la main gauche, tripote son téléphone de la droite. Elle hésite, se ravise, puis se décide enfin et compose le numéro d'Olujimi. Ces femmes et leurs tissus lui ont tant fait penser à lui. Ça sonne. Une fois, deux fois, trois. Elle insiste, l'iPhone collé à son oreille. Il ne répond pas, pas plus qu'hier, pas plus qu'avant-hier. Elle n'a pas l'habitude qu'on lui résiste et ce silence l'irrite au plus haut point. Elle prend une voix mielleuse, lui laisse un message vocal sur WhatsApp qui ne trahit en rien son profond agacement ni l'émotion qui l'habitait quelques minutes auparavant. Le ton est jovial, chaleureux : « Bonjour, monsieur Adenuga, Zainab Aliyu, de *Sunrise Daily*, Channels TV. J'espère que vous allez bien. Je cherche à vous joindre depuis le début de la semaine. J'aimerais qu'on se rencontre. S'il vous plaît, si vous recevez ce message, appelez-moi. » Le message est parti, la frustration se lit sur son visage. Elle ne demande pas la lune non plus. Une réponse, un accusé de réception, voire une simple confirmation de lecture suffiraient à l'apaiser. Elle jette des coups d'œil furtifs à l'écran. Mais la double coche en dessous du message vocal reste grise.

Alors survient le désir de décompresser. Elle pile, Uyi sursaute, ses dreadlocks soubresautent aussi, la camionnette s'arrête à hauteur de l'un de ces petits *bush bars* aux portes de la ville. Elle ne lui a pas demandé son avis mais le jeune homme la suit de bon gré. Entretemps, la nuit est tombée. Le ciel n'a jamais été aussi noir que derrière l'ampoule verte qui pendouille, nue et piteuse, au-dessus du comptoir de fortune assiégé de moustiques et d'hétérocères. Ils boivent une Orijin, une bière qui a la couleur du Coca et un goût de plantes et de fruits tropicaux. Uyi roule des cigarettes à la chaîne, ses deux dents de devant sont tellement écartées qu'il peut y caler le filtre. Il porte encore ses lunettes de soleil malgré l'obscurité verdâtre. Zainab tire de temps en temps quelques bouffées sur ses clopes. Lui ne parle pas beaucoup mais, pour un stagiaire, il ne semble pas embarrassé ni intimidé. Il lève parfois la tête de l'écran de son téléphone et prononce une phrase, « demain, c'est vendredi », « j'ai un peu faim, pas toi ? », « les femmes du préfabriqué m'ont rendu triste ».

Zainab pense encore à Olujimi. Un jeune styliste, à l'aube d'un succès international, qui filtre les appels d'une grande chaîne de télévision. Quelque chose ne tourne pas rond. Si seulement elle l'avait repéré plus tôt. Elle avait pris du retard dans ses revues de presse et elle n'était tombée sur le précieux article paru début octobre dans les pages people du *Daily Trust* qu'après plusieurs semaines. Elle était arrivée après le buzz, après tout le monde, ce qui expliquait peut-être pourquoi ses appels et textos restaient sans réponse. Ils se noyaient probablement sur le téléphone du jeune designer dans une mer de réactions, un océan de commentaires. Elle n'a pas été vigilante et elle s'en veut. Ce genre de bombe médiatique, elle ne pouvait pas se permettre de passer à côté.

Mais tout n'était peut-être pas encore perdu. Olujimi n'avait selon toute vraisemblance pas encore parlé aux autres médias, et si son compte Instagram semblait pour l'heure saturé, il devait bien y avoir d'autres chemins menant à lui. Dans un élan d'espoir, Zainab se tourne vers Uyi :

— Uyi, tu suis un peu les influenceurs mode sur TikTok ? Olujimi Adenuga, styliste, ça te dit quelque chose ? La marque Jimi Oh ?

Non, ça ne lui dit rien.

— Je ne suis pas trop branché mode comme toi, tu sais, Zainab, je suis flatté que tu penses que j'ai du style, mais crois-moi, ce n'est pas fait exprès.

— Ah bon, tant mieux pour toi – écoute, tu veux bien te rendre utile quand même, et faire quelques recherches pour moi ?

Pendant quelques secondes, il pianote sur son iPhone, le mouvement de ses doigts est vif et précis.

— Non, il n'est pas sur TikTok, dit-il, du moins, il n'a pas de page officielle, seulement quelques photos postées par des fans. Sur Instagram, en revanche, le compte est certifié. Mais comme toi, je ne vois rien de nouveau, rien depuis le selfie où il annonce sa participation à la Fashion Week de Berlin.

Zainab rafraîchit la page, rien de nouveau mais les abonnés continuent d'affluer. Cent mille followers. Silence radio. Il va bien finir par resurgir, Olujimi Adenuga est un influenceur très méthodique et très discipliné, il poste en moyenne trois clichés par jour, parfois quelques stories. Pas une journée sur la planète Terre ne s'achève sans qu'il abreuve le monde numérique de quelques vues de son minois, de quelques-unes de ses pensées, toujours suivies d'une horde de hashtags en concordance avec ce qu'il appelle son

« instamood ». Mais il y a eu cet article, suivi un jour plus tard de l'annonce de sa participation à la Fashion Week de Berlin. Le gros buzz, l'augmentation soudaine de followers. Puis le silence médiatique. Il s'est volatilisé.

— À ton avis, Uyi, pourquoi tout arrêter, du jour au lendemain, si près du but ? »

Le stagiaire est plongé dans une vidéo hashtagisée #afrodance, #dansesderues, #dansesdeclubs, #kuduro, #ndombolo, #coupédécalé.

— Uyi ?

Il écrase précipitamment sa cigarette.

— Oui, non, ça n'a aucun sens.

Il verrouille son téléphone et le retourne, l'écran contre la table.

— À moins qu'il n'ait signé une clause de confidentialité en vue du défilé ? tente le jeune homme. Tu ne crois pas que les organisateurs du concours pourraient lui avoir demandé de se faire tout petit sur les réseaux sociaux ? De ne pas faire de vagues avant le grand jour ?

Non, elle secoue la tête.

— Les vagues, Uyi, ils adorent ça, dans le milieu. Pas de vagues, pas de pub, pas de réputation. Ça ne tient pas debout.

À la limite, Olujimi aurait-il pu s'engager à ne rien divulguer de la collection qu'il présentera en février. Mais son silence reste incompréhensible. Elle aimerait tant le rencontrer avant la Fashion Week. Le filmer chez lui. Elle voulait montrer « l'avant », la prise d'élan précédant le grand saut, parce que c'est à son avis le moment le plus intéressant dans la vie d'un homme. Une fabuleuse énergie se concentre dans ces instants où le temps semble s'arrêter, où la magie opère à l'insu de ceux qui sont à deux doigts de réussir un gros coup. Zainab ne sait pas si elle est triste, déçue ou en colère, les sentiments qui affluent en elle sont troublants.

La nuit, elle ne trouve pas le sommeil. Dans sa grande maison déserte, les minutes, puis les heures passent, remplies de vide. Zainab tourne et se retourne dans son lit. Elle se recroqueville, s'étire, cherche en vain sa position. Elle aimerait que le grondement du tonnerre vienne détourner son attention, que la pluie frappe les fenêtres, que des éclairs dansent pour elle, derrière ses rideaux blancs, que l'eau tombe du ciel couleur de boue et l'enveloppe de rêves chauds. Mais le silence est plein, obsédant, et la machine à produire des idées folles se met en route. Dans la pénombre de sa chambre, Zainab garde les yeux grands ouverts. Quand elle essaye de les fermer, ses paupières fines se mettent à trembler. Et voilà que de lointains souvenirs la ramènent vers le nord, vers Kano, dans l'espace exigu d'un keke napep.

Le trois-roues la secoue, elle ballotte. Elle retrouve quelques sensations de son enfance, lorsqu'elle se blottissait contre sa mère sur la banquette arrière d'un tricycle à moteur et qu'elles s'aventuraient dans l'un des gigantesques marchés de la ville. « Kano n'est pas une ville, c'est la brousse de Dieu », disait Hadiza, qui avait grandi dans l'État du même nom, et pour Zainab, née à Abuja, bien plus proprette et moins aromatique, la brousse rimait d'abord avec des odeurs tenaces, celles des paniers débordant de tomates, orange et rouges, s'imprégnant de soleil ; celles, plus rances, qui s'accrochaient à leurs habits et leurs cheveux quand elles passaient devant les durians jaunes et verts alignés sur leurs étalages, avec leur carapace étonnante et leurs grosses épines.

Auprès de sa maman, Zainab se contentait de prolonger une adolescence choyée. Son horizon se limitait à deux points sur la carte, deux villes nigérianes familières, la première étant celle qui l'avait vue naître et grandir, Abuja, un bourgeon de ville à l'époque, une capitale en puissance. À Kano, la seconde, elle trouvait ses racines, si profondes qu'il lui suffisait d'y être pour se sentir immédiatement chez elle, même si elle n'y avait jamais vécu. Le temps semblait s'y être arrêté, figé dans d'immuables rituels liés à son enfance et perpétués par les membres de sa lignée, les Aliyu, d'influents commerçants haoussa. Kano, le royaume perdu qui lui ouvrait souvent ses portes, dans ses rêves. Kano, ses toits de tôle serrés, à l'orée du désert. Kano, sa pollution et ses nombreux keke napep, aussi, et la jeune Zainab, brimbalée par les cahots, savourant aux côtés de sa mère quelques minutes de bonheur et d'asphyxie, de pollution consentie.

Des images fusent, en rafale, dans sa tête, tout un univers sensoriel entêtant, mélange de sons discordants et de couleurs. Zainab dort à présent profondément, ses cheveux longs et noirs épandus sur l'oreiller. La fenêtre est ouverte, et elle sent sur sa peau les vents du Ténéré. Au terme de son voyage, elle entend un appel à la prière, comme un espoir psalmodié à la pointe du jour dans un ciel saphir et encore constellé d'étoiles.

9

Il ne sort plus de chez lui depuis quelques jours, mais il arrive encore à se convaincre que c'est normal. Il ne mange quasi rien, boit un peu trop d'alcool, du gin, essentiellement. Deux mois déjà depuis l'appel qui a changé sa vie, deux mois d'emballement sur les réseaux sociaux. Deux mois de stagnation, de blocage créatif. Une barbe de trois jours, et sa poubelle qui dégorge de brouillons de patrons bons à jeter. Même les stagiaires chez Bella Naija étaient meilleurs que ça. Il ne s'est jamais senti aussi nul. La renommée presse le pas et le voici timide. Mauvais timing. L'afflux de commentaires le bloque, l'étouffe. Il ne les regarde que d'un œil, n'y répond plus qu'aléatoirement, au gré de ses humeurs majoritairement lugubres. Il n'a pas publié quoi que ce soit depuis plusieurs semaines, pas la moindre photo, pas la moindre story.

Olujimi est pelotonné dans son lit, somnolent, téléviseur allumé sur une chaîne d'information, une bouteille de gin à ses pieds et plusieurs paquets de cigarettes entamés sur les draps. Il broie du noir quand soudain il reçoit un message parmi la foule de notifications qui lui parviennent quotidiennement – sa messagerie est constamment saturée, il reçoit des dizaines d'appels par jours, des appels inconnus surtout, et là, surprise, Jeremy, le nom de son voisin, s'affiche sur l'écran, « *Hey man, what's up*, ça fait longtemps, on donne une petite fête ce soir chez nous, passe, ça nous ferait plaisir. »

Il connaît bien ces soirées, il a envie d'y aller, même s'il n'est pas d'humeur, il veut sortir de son état, s'amuser, rire fort, parler de lui, sans réserve. Il est plus de minuit, la fête doit être déjà en train de basculer en zone grise, il aime arriver à ce moment-là, quand les gens sont saouls et livrent au premier venu leurs quatre vérités. Il se rase soigneusement, pschitte un peu de *Daisy* dans son cou, à l'intérieur de ses poignets, enfile un T-shirt blanc de chez Calvin Klein et quitte son appartement en prenant soin de bien fermer la porte à clé derrière lui. Il monte quatre à quatre les marches de la cage d'escalier, galvanisé par une force soudaine, envie de se distraire, désir de légèreté ; la nuit, l'alcool joyeux, les rires des gens, leurs regards – il veut accrocher les regards – et la musique, il veut que la musique l'habite, lui parle.

Il tend un poing fébrile vers la porte d'entrée de l'appartement de ses voisins, mais celle-ci s'ouvre avant qu'il n'ait eu le temps de toquer. Les basses qu'il entendait depuis chez lui dévoilent un remix du rappeur Pappa Bear, « *cherish the love we have, we should cherish the life we live* ». Les deux jeunes femmes qui l'ont laissé entrer sont aussi grandes que lui, elles se tiennent par la taille, corps moulés dans des robes peut-être un peu trop courtes. Olujimi leur sourit mais ne s'attarde pas. Il avance dans le grand vestibule, porté par la musique qui couvre les discussions des invités, particulièrement nombreux ce soir-là. Il connaît le chemin.

Il cherche les hôtes, ce couple d'Occidentaux un peu bohèmes avec lesquels il est devenu ami. Ils sont ses uniques voisins puisque les autres appartements de la propriété sont vides. C'est à eux qu'appartient la Kia détraquée. Hannah Szacherski est attachée culturelle à l'ambassade d'Allemagne à Abuja. Son compagnon, Jeremy Wright, est un photographe australien. Hannah et Jeremy reçoivent souvent, ils invitent systématiquement Olujimi, et Olujimi accepte systématiquement. C'est à leur pendaison de crémaillère qu'il a rencontré Mirko. De soirée en soirée, Olujimi a découvert l'appartement du dessus, un intérieur cosy, scandinave, aux meubles sobres, où le bois et le blanc dominent. Ils ont un tas de plantes à l'intérieur, ce qui le laisse un brin dubitatif – à quoi bon se construire des murs, si c'est pour y convier l'hostile nature et ses nuisibles ? Les murs en question sont recouverts de photos, des portraits, des scènes de rue, beaucoup de noir et blanc. Sur l'immense terrasse d'Hannah s'épanouissent de la coriandre et des tomates cerises, elle lui en apporte parfois. À côté, son appartement à lui est très vide, ou plutôt très « minimaliste », avait-elle dit une fois, comme si c'était un style de vie de posséder si peu.

La terrasse en question est plongée comme à l'accoutumée dans la pénombre. Quelques bougies éclairent les tables, les convives se serrent sur un coin de chaise ou de fauteuil en rotin, d'autres se tiennent debout, appuyés à la balustrade qui dévoile une vue panoramique sur la ville, la même vue qui s'offre à lui depuis son propre appartement, un étage en dessous. C'est exactement là, à cet endroit précis qu'il avait rencontré Mirko, Mirko dans toute sa splendeur, appuyé à la balustrade et en train de fumer, il était entouré de filles superbes – Mirko plaisait aux femmes et ça, ça le rendait complètement dingue, Olujimi ne s'en était jamais remis.

Les souvenirs sont acides, il faut anesthésier d'urgence cette érosion en lui. Il attrape le premier verre qui lui tombe sous la main – une bière – et l'écluse en un rien de temps. Il sonde ensuite du regard la foule présente ce soir. Comme souvent, des diplomates du monde entier et de tout âge côtoient des artistes locaux en vogue. Il garde d'abord ses distances, les amis d'Hannah semblent éclectiques au premier regard mais les conversations tournent généralement autour des mêmes sujets. Ils ne se lassent pas d'analyser les Nigérians et leurs extravagances, de s'inquiéter des problématiques environnementales, de faire des parallèles entre le Nigeria et ses voisins ouest-africains.

Hannah arrive, une assiette d'amuse-gueules à la main. Elle porte un palazzo multicolore, ses longs cheveux châtains sont relevés dans un chignon mal fait, elle le voit, lui sourit, le serre dans ses bras avant de brandiller gaiement l'assiette sous son nez : « Goûte le houmous, c'est moi qui l'ai fait. » Hannah est enthousiaste, philanthrope et passionnée ; elle fait beaucoup d'efforts pour s'informer, s'impliquer, s'acclimater. Olujimi apprécie son obligeance, sa gentillesse. Mais pour être parfaitement honnête, il vient plutôt pour Jeremy, plus en retrait mais constamment prêt à rebondir, quel que soit le sujet. Il est assis au même endroit que d'habitude, dans un fauteuil en rotin sur la partie couverte de leur terrasse. Comme toujours, une cigarette se consume entre son index et son majeur. Olujimi aperçoit son éternelle chemise blanche en lin, manches retroussées, la clope greffée aux phalanges orange. Il est entouré de jeunes gens, mixité parfaite : hommes, femmes, Nigérians, Occidentaux. Il s'approche, Jeremy se lève, tousse dans son poing puis le prend dans ses bras et le prie de s'asseoir près de lui.

— Comment ça va, beauté ?

Les visages se tournent vers Olujimi, souriants, bienveillants. Il est dans un espace protégé, il le sait. L'amitié chez les Occidentaux est bien souvent dépourvue d'intentions cachées, les gens s'aimaient en général sans rien attendre en retour, l'envers de la normalité dans son pays.

— Je vais bien.

Il n'est pas sûr que ce soit la vérité, mais peu importe, il a presque envie de s'en convaincre lui-même. Il revient brièvement sur les bouleversements qu'il a vécus au cours des deux derniers mois, l'article dans le *Daily Trust*, l'appel des organisateurs de la Fashion Week de Berlin, le concours « Designer for Tomorrow », Marc Jacobs, « oui, Marc Jacobs », il s'enorgueillit un peu et répond aux questions avec une certaine indolence, « oui, Berlin, c'est une chance assez exceptionnelle », il y travaille, c'est beaucoup de travail, le fruit de longues années de sacrifices, mais ça en vaut la peine – et oui, il a ses chances. Les yeux s'écarquillent, des mains le touchent affectueusement, quelques tapes dans le dos, « bravo, mon gars, vas-y, fonce », Jeremy se penche vers lui, « tu vas nous rendre fiers », dit-il.

Il est revigoré, il s'y voit à nouveau, sur ce podium. Il a de nouvelles idées, l'inspiration revient et il est heureux. Mais l'euphorie ne dure pas, quelque chose, soudain, le met mal à l'aise, une menace en suspension, comme un écho strident à tous ces commentaires qu'il n'a pas encore lus, sans mentionner le fait qu'il n'a pas touché sa machine à coudre depuis près de deux mois, il a honte, et tout à coup – syndrome de l'imposteur – il préfèrerait que les projecteurs s'éteignent, il veut fuir ces regards. Il ne regrette pas d'être monté, non, il se sent beau dans son T-shirt tout blanc, et cette admiration, ça le pousse à continuer. Adolescent, il n'avait personne à qui se référer, et il veut jouer ce rôle pour les plus jeunes, et pourquoi pas pour les plus vieux, incarner cette individualité, cette divergence aux normes de genre. Mais il n'a peut-être pas encore trouvé la force en lui d'assumer une si grande responsabilité. Il lui manque, c'est sûr, le soutien puissant, intime et inconditionnel de sa famille.

Il attrape une cigarette au hasard dans l'un des trois paquets de clopes éventrés sur la table, l'allume et observe Jeremy qui fume lui aussi. Il aime tant le regarder fumer. Souvent, la braise s'approche dangereusement de sa peau, frôle les poils à ses doigts sans qu'il semble s'en soucier. Parfois, la cendre reste accrochée à la cigarette et penche, longue, dangereusement courbée, jusqu'à ce qu'un geste brusque la fasse tomber, sur le carrelage, la table basse ou sur ses vêtements. Il écrase alors le mégot et chasse la cendre d'un revers de la main. Avant de rallumer une autre cigarette.

Jeremy a les yeux bleus, les cheveux roux, parfois blonds ou tirant sur le gris – un caméléon. La peau de son visage est rose, parsemée de taches de rousseur et marquée dès le matin de cernes nébuleux. La nuit, ses pupilles sont tellement dilatées que ses yeux semblent noirs de jais. Il en émane une joie mystérieuse, une résilience, peut-être – Olujimi avait pensé y percevoir l'ombre d'un pacte avec la mort. Parfois, quand les soirées s'éternisent, Jeremy évoque son passé, sa jeunesse, cette « autre époque ». Il retrace avec désinvolture des aventures tout droit sorties d'un « âge d'or » qu'Olujimi ne peut qu'imaginer, des histoires bien ancrées dans les années 1990, avec la photo argentique, la chute du mur de Berlin, l'effondrement des pays communistes de l'ancien bloc de l'Est, la vague de démocratisation en Afrique de l'Ouest, entre autres au Nigeria, ce qui ne le « rajeunit pas », dit-il. Il est photographe, photojournaliste, et n'immortalise que les « conflits », c'est sa vie, « sa came », une substance inexhaustible, mais il avait un jour accepté de faire une « entorse à la règle » et de photographier Olujimi pour l'article du *Daily Trust.* Olujimi s'était demandé s'il s'agissait vraiment d'une « entorse à la règle », ou si Jeremy considérait secrètement qu'Olujimi était presque un conflit à lui tout seul. Cette pensée lui a plu, il s'en est senti drôlement flatté.

Son portable vibre dans sa poche. Il vibre, vibre, vibre encore. Il le sort, trouve soudain en lui le courage d'affronter cette réalité virtuelle qui prend de plus en plus de place dans sa vie. Sur WhatsApp, deux cent cinquante messages non lus l'attendent, persifleurs et narquois, dont au moins trois de sa famille. Hésitant, il ouvre un message de son frère, Akande, l'aîné de la fratrie : « Jésus t'aime, mon frère. Reviens à nous, reviens à Jésus, il est prêt à te pardonner et à te reprendre comme son fils qu'il aime. » Cette déclaration d'amour et ce pardon aigre-doux n'annoncent rien de bon. Olujimi retient son souffle. Il connaît trop bien son frère pour se laisser amadouer par cette entrée en matière mielleuse. Ses mains se mettent à trembler. Il a du mal à respirer, une masse appuie sur sa poitrine. Il lutte contre une force obscure, une sensation d'étouffement.

Son frère poursuit, sur le même ton moralisateur. En parcourant, du bout des yeux, les lignes qui l'attendent, Olujimi sent une douleur aiguë le traverser de la tête aux pieds, puis se loger dans ses entrailles. Une douleur corrosive, vénéneuse, telle la morsure d'un poison. « Jimi, les parents vont mourir de honte. Ils vont aussi te couper les vivres, tu sais. Comme moi, comme nous tous, ils sont fatigués, anéantis par tant d'humiliations. Cesse tes provocations, reviens à nous, maintenant. Reviens à Jésus. Il est là pour te sauver, ne le méprise pas. » Sa propre famille va le renier. Il accuse le coup. Un verre d'eau, peut-être. Il cherche des yeux une bouteille d'eau parmi les verres d'alcool, les bières vides et les cendriers pleins. Sa cigarette glisse de ses doigts. Sa vision se trouble. Sur l'écran d'accueil de son téléphone, les notifications s'emballent. Il n'en a jamais vu autant à la fois.

Il se met à transpirer anormalement. WhatsApp, Instagram, Twitter, Facebook – ça pullule. Des encouragements mais surtout des insultes, des menaces de mort. Des petits cœurs, des émojis qui vomissent. Un flot de numéros rouges, une armée maléfique qui ne cesse de croître, hors de contrôle. Des petits points lumineux commencent à lui brouiller la vue. « Jim ? » Des voix s'élèvent, s'inquiètent, son cœur palpite dans sa poitrine, il en perçoit chaque battement avec une lucidité particulière. Ça cogne beaucoup trop fort, quelque chose est en train de lâcher. « Jim ! Jim ! » Les voix sont lointaines, amorties par le sang qui afflue à ses oreilles. Ça pulse, expulse une détresse, une immense tristesse empreinte de culpabilité. Et puis tout à coup, plus rien. Le néant.

10

À son réveil, Olujimi perçoit des voix et des bruits de fond inhabituels. S'il n'est plus chez Hannah et Jeremy, il ne se trouve pas non plus chez lui. La sonnerie d'un téléphone fixe, des bribes de conversations. Un clappement régulier aussi, léger, qu'il a du mal à identifier. Une brise agréable et fraîche vient lui caresser la joue à intervalles réguliers. Il ne peut pas encore bouger sa tête, trop lourde et douloureuse, collée contre une taie d'oreiller qui sent l'eau de Javel. Prisonnier de ses onirismes, il peine à émerger. Les images lui sont familières. Un rêve récurrent. Le plus intense, le plus inconfortable des rêves que son cerveau a été, jusque-là, capable de produire.

Olujimi dans une piscine à boules pour enfants, comme celle que ses parents louaient, chaque année, pour ses anniversaires, jusqu'à ses dix ans. Olujimi entouré de boules multicolores, bleues, vertes, jaunes et orange, lisses et parfaitement lustrées. La situation lui semble vaguement étrange, d'autant qu'il est, en cet instant, le seul adulte au milieu des enfants. Les boules se mettent à changer de couleur. L'une après l'autre, elles virent au vert. L'air commence à lui manquer. Il s'empare de l'une d'elles et se rend compte, déconcerté, qu'elle arbore l'émoji qui vomit. Les enfants autour de lui ont disparu. Il voudrait s'enfuir, lui aussi, mais son corps est trop lourd, comme attiré vers le fond. Peu à peu, les boules le recouvrent et déversent sur lui une vomissure pâteuse, qui bientôt l'engloutit. Olujimi abdique, il ouvre ses bronches pour y laisser entrer le liquide visqueux.

Une chaude larme coule le long de sa joue, sa langue est gonflée. Il ouvre les yeux, leur laisse quelques secondes pour s'accommoder à la luminosité du lieu. Un ventilateur brasse de l'air à ses côtés, deux barres de néons plongent la pièce sans fenêtre dans un bain stérile et blanchâtre. Les murs sont nus, seule une inscription encadrée vient briser la monotonie du lieu. Olujimi reconnaît le slogan de l'Abuja Clinics, « We Care, God Heals ». Il ne sait pas comment il est arrivé là, ni quand, mais il sait qu'il est entre de bonnes mains. Les maux de tête s'atténuent, il se redresse lentement et s'assied. Il sent son téléphone dans sa poche. Comme un automate, il le sort, l'allume et le cauchemar des notifications reprend. Fou de rage, il désactive les commentaires sur Instagram. En un clic, une option à cocher, il les supprime tous. Il ne réfléchit pas, il clique, génère du vide et ça le soulage. Il garde ses photos, elles sont belles, c'est son showroom, il en aura peut-être encore besoin. Mais pour la première fois depuis bien longtemps, il se fiche du reste. Il ne veut pas savoir. Combien de likes, combien de commentaires. Combien de nouveaux abonnés, combien de célébrités parmi eux. Il passe à sa page Facebook, supprime ses amis, un à un, ça prend plusieurs minutes, il en a plus de six cents. Puis il ferme son compte en poussant un cri effréné. Pas de pitié non plus pour le responsable de ce malaise, WhatsApp. Il suspend temporairement l'application.

Sa tempe lui fait mal, il effleure la boursouflure. Tandis qu'il passe et repasse ses doigts sur la zone enflée, il pense à ses parents, au message de son frère. Ces quelques mots qu'il aurait préféré ne jamais lire. Pendant quelques instants, il essaye d'imaginer sa vie sans eux. Dans une zone reculée de son cerveau, qu'il ne sollicite que très rarement, il sait qu'elle est là, qu'elle l'attend. Une liberté inédite. Elle est éclatante et fuyante, elle lui appartient, à lui, rien qu'à lui. Parfois, elle rime avec New York, Londres ou Sydney ; d'autres fois, elle rime simplement avec ailleurs, là-bas, loin, très loin, le plus loin possible. Elle est polymorphe. Elle peut prendre la forme d'un billet d'avion, d'un aller simple, le nom d'une ville inexplorée sur l'écran d'une porte d'embarquement. Un selfie dans l'avion, un nouveau départ, frais et avenant. Tous ces possibles, ces chemins, ces dimensions qu'il ose à peine imaginer.

Sur Internet, on veut lui faire croire qu'il existe une façon naturelle d'être gay, d'aimer un homme, quelque part, le long du grand voyage qu'est la vie, sans avoir à se cacher. Il est prêt à le croire, mais est-ce donné à tout le monde ? Lui-même, en est-il capable ? Il n'en sait rien. Il en parlait parfois avec Mirko. Il se sentait à des années-lumières de tout cela. Mirko lui avait dit « toute métamorphose n'est qu'une étape, Olujimi, une de plus dans un mouvement entamé depuis longtemps. Il n'est jamais trop tard pour faire le premier pas. Mais il faut savoir être patient ».

Malgré tout, lorsque Olujimi essaye, une petite voix mesquine lui susurre qu'il ne trouvera nulle part la moindre paix, le moindre réconfort. Que, où qu'il se trouve, il sera condamné à vivre dans l'ombre. Qu'il redoutera, chaque jour, les vibrations de son téléphone, les réactions de ses proches, les morsures de ses haters, ces oiseaux de malheur. Qu'il se détestera pour toujours. Que dans une autre vie, peut-être, il trouvera le chemin, avancera, main dans la main, fier, avec le reste de sa communauté, célébrant l'amour. Mais que dans cette vie-là, il sera nigérian, simplement nigérian, rappelé en permanence à ses obligations morales. La fierté est un luxe, songe-t-il alors, le genre de luxe qui ne s'achète pas.

11

Depuis cette virée nocturne avec Uyi dans le petit *bush bar* en périphérie de la ville, Zainab n'a pas trouvé le temps de sortir. Ses reportages la galvanisent, lui donnent une impulsion nouvelle. Elle ne débranche plus, ne veut plus débrancher. La vie des gens, ces fragments d'histoires sur lesquels elle tombe, souvent un peu au hasard, la fascinent. Elle ressent le besoin d'être là où les choses se passent. Elle ne sait pas comment faire autrement, elle ne sait plus comment vivre autrement, et la frontière avec sa vie privée en devient poreuse. Mais son zèle n'a rien d'insolite, le milieu de l'audiovisuel inculque à chacun qu'une chute peut être aussi fulgurante que l'ascension qui l'a précédée.

La pression est si forte qu'elle ne supporte pas la moindre déconvenue. De fait, elle regrette encore parfois d'avoir lu si tard l'article concernant le jeune styliste, la graine de star qui lui a peut-être déjà filé entre les doigts. Il n'a pas donné suite à ses nombreuses sollicitations, et depuis ce matin, la section commentaires de son compte Instagram n'est plus accessible. Zainab se demande s'il l'a bloquée, s'il l'a prise pour un stalker. Sa confiance s'étiole vite dès qu'elle soupçonne qu'on la rejette. Elle voudrait être capable de lâcher prise, de l'oublier, mais chaque fois qu'elle s'y essaye, quelque chose dans l'actualité la ramène à lui.

Aujourd'hui, lundi 3 décembre, cinquante-sept photographies d'identité judiciaire s'étalent dans tous les journaux, les titres reprennent la même information – cinquante-sept hommes arrêtés dans la boîte de nuit d'un hôtel de Lagos pour leur participation à ce que les autorités décrivent comme une « initiation homosexuelle ». Ils sont accusés d'avoir « commis des actes homosexuels et d'avoir encouragé d'autres hommes à se rencontrer pour perpétrer des faits contre-nature ». En vertu d'une loi adoptée quelques années plus tôt, ils risquent entre dix et quatorze ans de prison ferme. Certains d'entre eux trouveront les moyens d'échapper à la justice, les autres disparaîtront à jamais, jugés à huis clos. La police s'est bien gardée de protéger leur identité, certains organes de presse appellent au lynchage public.

Zainab examine les portraits un à un, les détaille, cherche malgré elle les traits désormais familiers qui l'obsèdent. Elle s'arrête sur la photographie d'un jeune homme qui ressemble à Olujimi, le regard surtout, ces longs cils et ces yeux pétillants, les cheveux courts, coiffés en brosse, teintés en blond. Le nom associé à la photographie ne lui correspond pas, mais le doute s'installe, même si l'idée lui semble absurde, relevant du délire. Le visage porte des traces de coups, ses paupières présentent des ecchymoses. Ce n'est pas lui, non, mais ça pourrait l'être. Olujimi a-t-il lui aussi été brutalisé ? Cette pensée lui harponne le cœur. Elle ferme le journal. Elle voudrait avoir une réponse, savoir plutôt que de laisser la place au doute.

Zainab ressent soudain un besoin primordial de se recueillir et prier. C'est une de ces fins d'après-midis tièdes et avenantes, elle met de l'ordre sur son bureau, éteint l'ordinateur et descend quatre à quatre les marches de béton des onze étages de la tour de télévision. La chaleur, l'animation de la ville l'enveloppent, elle aime ce moment où elle quitte un lieu climatisé pour retrouver la vie, son bouillonnement. La saison sèche est installée, tenace, l'harmattan souffle, ses poussières s'infiltrent dans les bas-fonds d'Abuja et en estompent les contours. Zainab prend son élan et traverse en courant la voie rapide, vivifiée par les coups de klaxons des véhicules filant à toute allure et qui ne freineront pas pour elle. Elle marche, déterminée, sur le bas-côté. Il n'y a pas de trottoir mais la grande mosquée nationale se trouve à moins de cinq cents mètres.

Lorsqu'elle arrive, le soleil semble se coucher dans un halo de sable. À cette heure tardive de la journée, le lieu est désert. Elle déplie un grand foulard de velours noir sur son épaisse chevelure et le sanctuaire islamique lui ouvre les portes de son esplanade. Les murs de la mosquée, beiges comme la terre du Sahara, se dressent devant elle, titanesques et inébranlables. Ornée de feuilles d'or, l'immense coupole scintille. Il y a une telle force dans cette lumière, dans ces reflets, ces odeurs âcres de poussière, elle est intimidée. Elle franchit la porte monumentale, parée de muqarnas qui dégringolent en stalactites. Derrière elle, un espace grandiose et protégé. À l'intérieur, le temps semble suspendu. Zainab ne se recueille pas souvent, elle n'est pas une adepte du rituel précis de la prière ni des gestes fixés par la tradition et elle n'est plus si sûre de se souvenir. Elle s'agenouille, ferme les yeux et laisse monter en elle ce qui lui reste de ses années pieuses.

— Gloire et pureté à Toi, Ô Seigneur et à Toi la louange, que Ton nom soit béni, que Ta Majesté soit élevée, il n'y a d'autre divinité que Toi.

Debout, inclinée, prosternée, à genoux ; quelques gestes lui reviennent.

— Ô le Vivant, Ô l'Auto-subsistant, je ne demande de l'aide qu'à Toi, secours-moi maintenant, maintenant.

Zainab ferme les yeux, se recroqueville. Chaque seconde qui passe l'élève et la grandit. Elle ne voit rien, n'entend rien mais elle plisse le nez en quête de repères familiers. Son odorat la guide, une spirale d'arômes venus de loin s'imprègne en elle. Sont-ils réels ? Son cerveau est capable de recréer ces odeurs. La brousse de Dieu. Ses durians, l'essence, la poussière et l'odeur de sa mère. Les souvenirs l'emportent.

— Ô Seigneur, je prends appui sur Ta miséricorde, ne m'abandonne pas à moi-même un seul instant, assainis ma vie entière. Il n'est d'autre Dieu que Toi.

Jusqu'à ses dix-huit ans, Zainab, fille unique, voulait voler de ses propres ailes, elle était pressée de parcourir le monde. Elle sentait ses méninges s'agiter et son sang s'échauffer. Il affluait plus vite dans ses veines, il propulsait son être tout entier vers l'avenir. Il y a sept ans tout juste, le royaume sur lequel elle avait bâti toutes ses certitudes s'effondrait comme un frêle château de cartes. Si chaque détail de cette journée était resté gravé dans sa mémoire, l'avènement de la saison sèche les ravivait.

Ce matin-là, l'harmattan s'était sensiblement épaissi sur Kano. Indifférente aux intempéries, la cité millénaire, carrefour de commerce transsaharien, bouillonnait. Ses artères rectilignes engorgées de keke napep et de taxis boiteux suffoquaient dans la fumée des pots d'échappement. À chaque intersection, une dizaine de miséreux avides de quelques nairas se ruaient aux fenêtres des véhicules tentant de se frayer un chemin parmi les nids-de-poule et la foule cosmopolite. Des acheteurs venus de tout le Sahel se hâtaient vers les marchés à la recherche de textiles, d'arachides, de céréales ou de fleurs d'hibiscus, excitant le chahut des vendeurs ambulants munis de leurs mégaphones.

Attenante au palais de l'émir, la mosquée centrale, prise d'assaut par les fidèles, triomphait dans l'affluence du vendredi, jour de prière communautaire. Ses deux minarets élancés et sa coupole vert malachite prolongeaient avec élégance le sobre édifice d'inspiration moyen-orientale. À l'intérieur du sanctuaire bondé, la jeune Zainab, agenouillée à même le sol, récitait ses versets à la gloire d'Allah.

— Au nom d'Allah, le Tout Miséricordieux, le Très Miséricordieux.

Les mots sacrés s'égrenaient mécaniquement dans l'air tiède et moite de la salle de prière, où stagnaient effluves corporels et parfums entêtants. Le long hijab de satin fuchsia qu'elle portait ce jour-là rehaussait la juvénilité de ses traits, la somptueuse étoffe était brodée de délicates marguerites aux pétales élancés, une pièce unique de la maison Oscar de la Renta, spécialement importée de New York, rien que pour elle. L'information avait rapidement fait le tour du lieu de culte et, entre deux prières, les regards s'attardaient sur elle, admiratifs, envieux.

Plus tôt, à l'aube, sa mère était entrée dans sa chambre, apportant deux tasses de thé fumantes. Délicatement, elle avait posé le plateau sur le bout de lit en velours capitonné, était ressortie, avant de revenir quelques secondes plus tard, les bras chargés d'un gros paquet rectangulaire qui contenait la création du couturier. Elle avait tiré sur les lourds rideaux pour laisser entrer la lumière du jour,

Zainab avait ouvert les yeux, s'était étirée avec langueur et avait lancé un « Bonjour maman » enjoué. Le soleil voilé de janvier filtrait à travers la fenêtre dans un ciel presque brun, chargé de sable. Hadiza contemplait le lever du jour dans ce jardin qu'elle connaissait si bien, même si elle n'y venait plus si souvent. La maison de Kano était une maison de vacances, depuis plus ou moins dix-huit ans. Les arbres et les buissons dans la cour semblaient se courber sous le poids de la poussière, il fallait les faire arroser trois fois par jour pour les laver de cette enveloppe poudreuse, pour qu'ils reprennent leur forme et leur netteté. La maison d'Abuja souffrait moins de la saison sèche. Le jardin était plus propret, son entretien plus aisé. Hadiza y avait planté de petits arbustes épineux appelés couronnes du Christ qu'elle choyait elle-même. Leurs tiges brunes ramifiées étaient recouvertes d'épines acérées, et à leur extrémité poussaient de petites fleurs roses regroupées en bouquets. Les fleurs survivaient plusieurs mois, puis tombaient, dénudant les tiges qui, en grandissant, pouvaient se tordre et s'entremêler les unes aux autres. Plus le temps passait, plus la tige était longue, dure, dépouillée, épineuse. Mais de nouvelles fleurs poussaient toujours aux extrémités. Hadiza les aimait car elles grandissaient en même temps que sa fille.

Elle s'était retournée vers cette dernière, les yeux pétillant de joie.

— Bonjour, Zainab. C'est ton grand jour.

Elle s'était assise sur les draps froissés, avait déposé un baiser sur le front de sa fille qui s'était adossée contre la tête de lit.

— Joyeux anniversaire, *darling*, avait-elle dit en déposant l'imposant paquet entre ses bras.

Zainab était habituée aux présents extraordinaires, mais elle avait tout de même écarquillé grand les yeux en découvrant la robe et le hijab que sa mère avait dénichés pour elle et qui avaient ostensiblement coûté une fortune.

— Maman, tu es folle ! avait-elle hurlé en déroulant l'ensemble joyeux et coloré, dont les marguerites avaient la couleur de l'or. En passant ses doigts sur les broderies gracieuses, Zainab avait dit que jamais, de toute son existence, elle n'avait effleuré une étoffe aussi douce. Toute cette soierie lui donnait envie d'y frotter ses joues, de s'en recouvrir tout entière.

À midi passé, la jeune Zainab était agenouillée sur le tapis de la mosquée. Autour d'elle, d'autres femmes achevaient leurs inaudibles incantations quand un grondement lointain avait fait vibrer les arcades de la salle de prière. On aurait dit un orage. Zainab s'était retournée vers sa mère qui, plongée dans ses récitations, avait les yeux fermés. Les minutes qui avaient suivi lui semblaient floues, étrangement éparpillées dans ses souvenirs, comme si la vie essayait de les chasser de sa mémoire sans jamais y parvenir. Une déflagration, beaucoup plus proche, beaucoup plus forte, avait semé une panique presque instantanée parmi la foule. Impuissante face à la violence de la bousculade soudaine, portée par une marée humaine, Zainab avait été entraînée dehors, puis renversée à terre.

Aujourd'hui encore, elle se souvient de ses joues égratignées qui s'étaient mises à brûler au contact de l'asphalte surchauffé. Elle se souvient qu'on l'avait écrasée, des femmes et des hommes trébuchant sur ses membres, et venant s'échouer à quelques mètres d'elle. Elle se souvient de son pouls au bord de l'explosion, de la boule étrillant sa gorge, du chuintement de l'acouphène. Elle se souvient du vrombissement des motos couvrant les cris d'effroi qui jaillissaient, de toute part, en pidgin, en haoussa. De cette rafale de tirs qui avait couché à terre celles et ceux encore debout. Elle se souvient du silence qui s'était ensuite installé, de la rue plongée dans le noir, une noirceur cendrée, de cette odeur sordide, celle des corps carbonisés et du sang refroidi, l'odeur du salafisme djihadiste. Elle se souvient des yeux fermés de sa mère à la mosquée, de son sourire et de sa voix qui avaient enchanté les dix-huit premières années de sa vie. Ses sens avaient été mis à mal, son ouïe ne fonctionnait plus, momentanément, mais lorsqu'elle s'était relevée, elle avait senti le souffle chaud de l'harmattan se faufiler dans sa tignasse tressée, effleurer son cuir chevelu. Son hijab avait été arraché pendant la bousculade. Sa mère poussait son dernier soupir dans une flaque de sang, une dizaine de mètres plus loin, sur la route. Kano, la belle cité millénaire, avait été mise à feu et à sang.

Le privilège de l'insouciance lui avait été retiré ce jour-là, les cendres de cette journée noire collaient encore à son cœur écorché vif. Depuis, Zainab sentait qu'une frontière la séparait de ceux que la vie n'avait pas malmené. Elle ne les enviait pas spécialement, ni ne cherchait leur compagnie, au contraire, elle se tournait d'instinct vers ceux qui portaient un cœur comme le sien, recouvert d'une pellicule tenace, de marques indélébiles. Parfois, elle tentait de mesurer son affliction à celle des autres, d'évaluer la place de chacun sur l'échelle de l'infortune. Elle avait récemment découvert que l'on pouvait tout perdre et se tenir debout encore, les femmes du camp de déplacés et leurs projets le lui avaient prouvé. Ça l'avait bouleversée. Elle se savait accro à ce qu'elle éprouvait en ces instants de grâce. L'espoir qu'elle affichait dans sa chronique, ses ondes positives, c'était pour elle ce qu'il y avait de plus pur et de plus sublime dans ce si sombre Nigeria. La résilience des autres pansait en quelque sorte sa souffrance à elle.

12

Uyi Ojukwu avait été capable de se servir d'un téléphone portable avant de prononcer son premier mot. Il ne savait pas encore lire qu'il maîtrisait avec brio l'art de la photographie, et alors qu'il apprenait à écrire, il réalisait ses premiers films, montage compris.

— Je suis de la génération Z, Zainab, et toi, à quelques années près, une millennial.

— Je vois, répond Zainab, alors qu'en fait, elle ne voit rien du tout.

— Je t'assure, reprend-il, le fossé est immense. Tu es idéaliste, moi pragmatique. Regarde, tu es surdiplômée, tes études incroyablement longues ont retardé ton entrée dans le monde des grands. Moi, je n'ai pas attendu qu'on m'y autorise, j'ai ouvert la porte dès que j'en ai eu l'occasion. Ça ne fait pas de moi un être inférieur, bien au contraire.

— C'était juste une question, Uyi.

Son analyse cinglante la heurte, « qu'est-ce qu'il lui prend », soupire-t-elle intérieurement, elle lui a simplement demandé comment s'était passé son recrutement – sujet sensible, visiblement –, elle ne lui connaît ni diplômes ni expérience professionnelle, il vient d'avoir dix-huit ans. Elle aussi, après tout, elle avait dû faire ses preuves. À ses débuts, Ben Oke, le boss, semblait prendre un malin plaisir à lui rappeler que ni ses années passées au Royaume-Uni ni les connexions de son père ne lui donnaient plus de droits que les autres. Qu'il n'y avait de place à Channels TV que pour les travailleurs acharnés, les créatifs, les talentueux. Que le « business » ne lui ferait pas de cadeau. Le vent avait peut-être tourné en sa faveur, mais jamais elle ne se reposerait sur ses acquis, c'est peut-être un trait de sa génération, les « millennials », comme dit Uyi. En tout cas, rien ne semblait justifier son attitude défensive. Uyi avait-il quelque chose à cacher ?

Les rumeurs vont bon train à la rédaction, et certaines d'entre elles le concernent. Zainab ne cautionne pas les racontars. Elle répète à qui veut l'entendre que le diable se trouve non seulement sur la langue du médisant mais aussi dans l'oreille de celui qui l'écoute. Mais cette bande de commères n'épargne rien ni personne et même le diable n'est pas assez terrifiant pour clouer le bec aux colporteurs. Ils racontent qu'Uyi a été pistonné dans des circonstances tout à fait insolites – est-il au courant ? Probablement. Sa mère aurait eu une liaison avec Ben Oke, puis l'aurait fait chanter pour qu'il embauche son fils. Un jour, quelqu'un a même dit qu'Uyi était le fils caché du boss. Mais ça, Zainab n'en croit pas un mot. Uyi a une physionomie qui ne passe pas inaperçue, une longue tige avec des dreadlocks et des yeux saillants qui font penser à une mante religieuse. Alors que Ben est un homme ordinaire, légèrement enrobé, plutôt beau gars mais dans le genre passe-partout.

Ils sont dans un fastfood à l'atmosphère rétro-*diner*, à l'embranchement de la route qui mène à l'aéroport. Le lieu est garni de tabourets de bar en chrome et de banquettes en vinyle rose bonbon, le sol est recouvert d'un carrelage en damier noir et blanc. La radio diffuse à tue-tête le *Feliz Navidad* du chanteur Chike révélé par *The Voice Nigeria* deux ans plus tôt. Quelques décorations de Noël sont accrochées aux vitres. Les hamburgers et les frites arrivent après de longues minutes d'attente, avec un smiley en ketchup dessiné dans l'assiette, c'est la signature de la maison. Dans quelques heures, Zainab et Uyi décollent pour Heathrow, l'arrivée à Londres est prévue au petit matin, au terme de six heures de vol. Une voiture les attendra à l'aéroport pour les emmener à Cambridge, tournage express à l'université et retour le soir même à Abuja. Uyi mâche son hamburger avec force, mastique, déglutit. Il semble plus serein, mais son regard est absent. Sans ses lunettes, ses yeux paraissent globuleux et presque inanimés, deux boules de billard plantées dans un visage encore adolescent. La nuit tombe et les guirlandes lumineuses pendues aux vitres se mettent à clignoter, une farandole de rouge, de vert et de doré, des flocons de neige en plastique, des petits pères Noël illuminés.

Dans le taxi, l'ambiance n'est plus depuis longtemps à la conversation, et Zainab se replie sur son téléphone. L'interview du lendemain est déjà prête, elle scrolle sur Twitter, tombe sur une vidéo de la présidence postée en marge d'une conférence sur le climat, à Katowice, en Pologne. Le président du Nigeria, Muhammadu Buhari, y apparaît, s'adressant à la presse, grand, maigre, joues creuses, pommettes saillantes. Depuis quelques mois, on raconte qu'il est mort et qu'il a été remplacé par un clone, alors il dément ces allégations. « Je suis vraiment moi, je vous l'assure », dit-il. Il rit un peu, d'un rire pincé, amer. Ses proches conseillers l'applaudissent, il esquisse un sourire, il a les dents du bonheur.

« Je suis vraiment moi. » Et dire qu'elle pensait avoir déjà tout vu, tout entendu. Le paysage politique nigérian avait toujours été truffé d'exagérations et de mensonges. Aucun pays au monde ne collectionnait les infox avec autant de véhémence. Le Nigeria qu'elle avait retrouvé au terme de sept ans d'expatriation allait encore plus loin que dans ses souvenirs. Les *fake news* y proliféraient comme des cellules cancéreuses, notamment sur les comptes WhatsApp des centaines de millions de téléphones portables que comptait le pays. Ravies d'avoir trouvé un terrain si fertile, elles s'épanouissaient gaiement dans l'univers baroque de la complosphère. Les théories étaient si nombreuses, tellement proliférantes, qu'il était parfois impossible de discerner le vrai du faux – ne constituaient-elles pas, par la seule force de leur présence, une forme alternative de vérité ? Zainab se posait parfois la question.

Clone ou pas, le président en exercice limitait ses apparitions au strict minimum. À tout juste deux mois de l'élection présidentielle, ses discours de meeting ne se prolongeaient pas au-delà de trois minutes – les supporters présents à ses rassemblements, à défaut de pouvoir l'écouter, se pressaient dans l'espoir de rafler quelques cadeaux et billets de banque lancés par les équipes de campagne dans la foule en délire. Ses absences répétées et prolongées pour congé maladie paralysaient la gouvernance, aucun détail n'avait filtré sur le traitement médical qu'il recevait à Londres, des mois durant, un véritable mystère qui, il va de soi, attisait les rumeurs. Il souffrait de surcroît de troubles du langage assez sévères, il y avait cet épuisement à la fin de chaque phrase, sa diction évoquait les dernières volontés d'un vieillard moribond.

Son principal concurrent dans cette course à la présidentielle, l'homme d'affaires Atiku Abubakar, était indéniablement plus en forme, son embonpoint paternel témoignait de l'opulence dans laquelle il vivait. Ancien agent des douanes, il s'était bâti un empire industriel dans l'import-export, l'immobilier, le pétrole, l'agriculture et les télécoms. Sa fortune lui valait de forts soupçons de corruption – il était multimillionnaire –, ce qui, cela s'entend, ne l'avait jamais empêché d'entrer en politique et de briguer, dès 1993, la fonction suprême. Ni l'un ni l'autre n'était particulièrement populaire, charismatique ou estimé, ils étaient bien trop vieux, pensait Zainab, trop vieux pour ce pays dont l'âge médian était d'environ dix-huit ans.

Les roues du taxi s'échinent contre le bitume et heurtent, de temps à autre, un nid-de-poule ou un caillou dans un bruit sec. L'écran de l'iPhone émet un clignotement discret. C'est un courriel. L'adresse lui est inconnue mais Zainab comprend à l'objet que l'e-mail vient de Berlin, ce sont les organisateurs du concours « Designer for Tomorrow » qu'elle avait contactés le matin même. Ils lui répondent déjà. Elle sent sa respiration s'accélérer. Elle clique, le message est très court et ne lui apprend hélas rien qu'elle ne sache déjà. Le jeune styliste nigérian Olujimi Adenuga a confirmé, en octobre, sa participation au concours. Les dates exactes du défilé seront communiquées en temps voulu, l'ordre de passage des candidats ne sera décidé que quelques jours avant le début de la Fashion Week par tirage au sort, et les coordonnées auxquelles les compétiteurs se sont enregistrés restent bien entendu confidentielles.

Ce n'est pas qu'elle renonce à ce moment-là, non, mais elle sent qu'elle se heurte à mur. À moins qu'elle ne sache pas s'y prendre : est-elle encore trop jeune, trop inexpérimentée ? Elle pense sérieusement à abandonner, à prendre ses distances, oui, laisser couler un peu de temps pour revenir à la charge, plus fort, ultérieurement. Avant de glisser son téléphone dans la poche intérieure de son sac, signe qu'elle en a fini pour l'heure avec la connectivité, Zainab change un paramètre sur son compte Instagram. Elle active une alerte qui l'avertira au cas où Olujimi Adenuga venait à s'y manifester.

Un bref instant, elle passe la tête par la fenêtre grande ouverte du taxi, ses cheveux longs s'envolent et lui fouettent les joues, ils dégagent un parfum d'hibiscus. Elle ne pense à rien, elle se concentre sur les odeurs et sur le paysage nocturne. Des feux de joie sont allumés au bord de la route, ça sent l'essence, le *beef suya*, le bois brûlé. La capitale est loin derrière, déjà, les réverbères constituent la seule source de lumière, des enfilades de lampadaires et leurs halos jaune orangé. Une journée s'achève, une journée ordinaire, dans un pays extraordinaire, difficile à cerner. Une terre ésotérique où pousse une vérité polymorphe et ondoyante. Une liberté de choisir la sienne.

Le lendemain matin, une pluie fine et froide tapote la structure vitrée de la bibliothèque de droit de Cambridge, la même pluie qui, quelques heures auparavant, fouettait la carlingue du Boeing amorçant sa descente vers l'archipel des îles Britanniques. Zainab avait gardé le nez collé au hublot, et quand l'avion était passé en dessous des nuages, elle avait aperçu la mer du Nord et les côtes anglaises, toutes deux se confondant dans des tons monochromes, un monde de sépia ponctué de quelques variations de gris, les canaux, les rivières et les routes reliant l'aéroport d'Heathrow à Londres et aux autres provinces.

En attendant son interlocutrice, Zainab fait les cent pas dans la studieuse bibliothèque de droit et se repasse une dernière fois les grandes lignes de l'entretien.

— Bonjour, Onyinye Osuji, et merci de nous recevoir. Pour ceux qui ne vous connaissent pas encore, je vais vous demander de vous présenter. Dites-moi simplement comment vous vous appelez, d'où vous venez, comment vous êtes arrivée ici, à Cambridge, et qu'est-ce que vous y étudiez.

« Quelle a été votre réaction lorsque l'on vous a annoncé que vous étiez major de promotion ? Pourriez-vous revenir pour nous sur cette journée si spéciale ? Qui vous l'a appris, qu'avez-vous ressenti, comment avez-vous communiqué la nouvelle à vos proches, qui avez-vous appelé en premier ?

« Vous poursuivez cette année vos études de droit en master dans l'une des meilleures universités du monde. Parlez-nous de votre quotidien, comment sont structurées vos journées ?

« Que ressentez-vous en tant que Nigériane au Royaume-Uni ? Rencontrez-vous des difficultés particulières ? Y a-t-il des choses qui vous manquent ? Des choses auxquelles, au contraire, vous vous êtes habituée, et dont vous ne pourriez plus vous passer ?

L'eau abonde, s'accumule le long de la verrière, glisse sur ses facettes triangulaires et sa charpente métallique. C'est un building moderne, à des années-lumière des illustres édifices gothiques sur les rives de la Cam qui incarnent aux yeux de tous l'univers de Cambridge. Un décor néo-futuriste, froid, industriel et chic, la griffe de Norman Foster que l'on retrouve aussi dans le quartier d'affaires de la City, avec le gratte-ciel en forme de cornichon que les Londoniens surnomment en conséquence « the Gherkin ».

Onyinye Osuji arrive un peu en retard, légèrement essoufflée, lunettes embuées, longues tresses à rajouts. Elles échangent quelques mots, très vite le ton est chaleureux et familier, elles rient, s'installent, puis Onyinye se racle la gorge pour répondre aux questions de

Zainab pendant qu'Uyi se charge de l'image et du son. Sa voix est chaude, un peu rauque, entraînante, l'accent est parfaitement british. Elle aime ce bruit, dit-elle, la pluie douce et affable dans ce pays l'aide à se concentrer. Elle fait ensuite mine de chercher des livres dans les rayons de la bibliothèque pour les plans de coupe. Une heure et demie plus tard, c'est dans la boîte.

Lorsqu'elle boucle sa ceinture, le soir même, et que l'avion rejoint la piste de décollage, Zainab se remémore le jour où elle a quitté Londres au terme de son cursus universitaire. Elle se souvient la joie, l'excitation indescriptible de retrouver le pays, la fierté d'incarner ce « retour des cerveaux » dont on parlait parfois dans les journaux. Il faut dire que dès les premiers instants passés sur le sol étranger, elle avait songé à rentrer, une nécessité vitale, disait-elle, et elle n'avait jamais sérieusement considéré les autres options. La vie lui avait donné raison, les planètes semblaient s'être alignées pour son retour. Elle s'était plu, pourtant, dans l'espace diasporique de Peckham où elle avait vécu, elle était tombée sous le charme de ce « Little Lagos » où régnait une grande diversité et où de plus en plus d'autres Nigérians tentaient de s'établir. Elle y avait coudoyé plusieurs générations d'immigrés, plusieurs dimensions de l'immigration. Elle était tombée amoureuse, aussi, d'un grand garçon très calme né au Royaume-Uni de parents yorubas. Il avait la voix grave et il était slameur, poète déclamateur, il scandait des strophes a capella, rappait la pureté de l'amour et le spleen de l'exil devant des salles combles dans les anciennes usines victoriennes parsemant le quartier, reconverties en pôles culturels très hypes et en pleine croissance.

La lumière de la cabine s'estompe. À travers les nuages ténébreux, la lune fait une brève apparition, filiforme, rouge grenat, comme sortie des vagues noires de l'océan Atlantique. Zainab ouvre son MacBook et s'attaque au montage, elle est trop animée pour s'endormir. Les séquences défilent. Onyinye et ses lunettes, plongée dans ses ouvrages. Onyinye qui parle sans complexes de ses ambitions. Onyinye qui éclate de rire. Sur l'écran, c'est « juste » une étudiante, une brillante étudiante, une Nigériane à Cambridge. Une jeune intellectuelle, une juriste en devenir qui, on le devine déjà, saura rester simple et droite malgré l'immense carrière qui l'attend. La fierté de toute une nation, le genre d'histoire qui ravive en douceur le patriotisme. Un modèle pour les petites filles et les petits garçons.

Dans la tête de Zainab, c'est un peu plus encore que tout cela. C'est un triomphe. Un triomphe contre le discours virulent qui s'est répandu dans son pays dans les années 2000. Un triomphe contre les prédicateurs itinérants qui clament que « l'éducation occidentale » est « un péché », « *boko haram* » en haoussa. Un triomphe contre les attentats-suicides, contre le kidnapping des deux cent soixante-seize lycéennes à Chibok, contre les milliers d'écoles détruites, de professeurs tués, d'écoliers kidnappés dont on ne parle pas. Un triomphe contre l'organisation terroriste meurtrière qui a emporté sa mère, contre les hommes à bécanes qui l'ont fauchée en pleine rue, armés de kalachnikovs, alors qu'elle tentait de retrouver sa fille dans un chaos sans nom.

Sept ans déjà. Le chaos a dorénavant un nom, il est mondialement connu. Le djihad meurtrier s'étend dans les pays voisins du bassin du lac Tchad, massacres, enlèvements de masse, villages décimés, terres brûlées. Des milliers de morts, de disparus, des millions de déplacés, en proie à la famine, au désespoir. À Maiduguri, épicentre des violences, le piège s'est refermé sur les civils, pris en étau entre l'oppression de Boko Haram et la réponse brutale de l'armée nigériane.

En dépit de la menace voisine, Kano, plus à l'ouest, n'a pas fléchi malgré les nombreuses attaques. Et depuis la capitale Abuja et ses vertes collines opulentes, Boko Haram et son insurrection semblent parfois bien loin.

13

Lorsque Olujimi sort de la clinique, c'est mardi soir et il fait nuit. Il pourrait rentrer à pied, la maison n'est pas loin, un peu plus bas sur la colline, à vingt minutes de marche tout au plus, mais il n'a pas la moindre envie de rester seul. Il appelle Jeremy et s'accroupit sur le trottoir en l'attendant. La rue est calme, tout est plongé dans le noir. Ça sent la mangue gâtée et les ordures encore chaudes de soleil. C'est toujours la même odeur nocturne, mais il ne la remarque que lorsqu'il s'ennuie. Il entend la radio d'un agent de sécurité qui grésille à tue-tête une émission politique. Le ton est querelleur, les invités s'envoient des missiles. De temps en temps, un taxi passe et éclaire la chaussée de ses feux mourants, étouffe des coups de klaxon.

Olujimi a très envie d'une clope. Il reconnaît ce moteur, même s'il ne se différencie pas tant que cela de celui des autres caisses pourries. C'est la Kia de Jeremy qui laisse toujours dans son sillage une émanation de courroie en surchauffe. Son voisin se tord le cou pour lui ouvrir la portière, la poignée ne fonctionne plus que de l'intérieur du véhicule. Il sourit tant bien que mal, cigarette à la bouche. La fumée lui rentre dans les narines au lieu d'en sortir. Il tend un paquet à Olujimi, puis il fait demi-tour en plein milieu de la chaussée.

— Ça mixe ce soir au Millenium Park, t'es partant ?

De la musique électronique, un mardi soir ? Décidément, ce mec ne s'arrête jamais. Olujimi se sent si faible, il n'a pas vraiment de volonté. Au diable le repos préconisé par les docteurs. À chacun sa façon de recharger les batteries. Va pour la rave party. Il hoche la tête.

Ils s'engagent en silence sur la voie rapide. Il aimerait se réjouir, mettre son cœur à la fête. Quelque chose le bloque. La lassitude l'envahit, une lassitude plus forte encore que celle qui resurgit à chacun de ses déboires familiaux. Une lassitude qui éclipse les petites joies et nuit à son bien-être. Il est grand temps de tomber à nouveau amoureux, réalise-t-il. Urgent, urgentissime. Ce soir, qui sait ? Il a besoin de ressentir ça à nouveau, se trouver là où il faut, le jour où il faut. Ne vouloir se trouver ailleurs pour rien au monde. Quitter l'ennui pour la légèreté, retrouver l'euphorie et ses vibrations. Les sentir s'installer, prendre le pouvoir. Il se redresse et sort une cigarette.

— Tu peux garder le paquet, Jim, c'est le tien.

En portant la Rothmans à sa bouche, Olujimi se revoit tourner de l'œil sur le balcon de Jeremy. Il lui reste quelques flashs de son arrivée à la clinique, cette nausée épouvantable alors qu'on le hissait sur une civière, ses voisins échangeant quelques mots avec le standardiste.

— Les médecins ont dit quelque chose ? demande Jeremy, comme s'il lisait dans ses pensées.

Embarrassé, Olujimi détourne le regard. « Stress », « burn-out », « intoxication à l'alcool », « malaise vagal », il a tout entendu, des mots qui n'ont pas vraiment de sens pour lui. Il hésite à s'ouvrir mais se ravise, il préfère oublier au plus vite cet épisode gênant.

— Non, rien de spécial. Merci en tout cas, je ne sais pas vraiment quoi dire, c'est le trou noir.

Le son binaire du clignotant annonce un changement de direction, Jeremy mâchouille le mégot accroché à sa bouche et prend à droite. Ils traversent les quartiers présidentiels quand il lui tend un pochon en plastique. Il contient une modeste provision de marijuana et des feuilles à rouler.

— C'est la moindre des choses, Jim.

Quand on l'appelle Jim, Olujimi se sent américain. Ça lui procure une énergie nouvelle. L'impression que, d'une certaine manière, d'autres vies l'attendent. Et que la meilleure des vies possibles en fait partie. Il ouvre le sachet et s'attèle à la tâche avec entrain.

C'est sans doute la zone la plus sombre de la ville, la chaussée est noire et très large, complètement déserte. Un sourire flotte au coin de ses lèvres lorsqu'il lèche le papier à rouler. Il tourne la feuille, lèche encore, tasse. Il presse sur le briquet, tire une latte et enchaîne quelques ronds de fumée, cherche dans le ciel les constellations qui ce soir veillent sur eux, recrache la fumée dans le rétroviseur où il aperçoit son reflet angélique. Il tend ensuite le pétard à Jeremy qui vient de se garer sur un parking en terre battue, le long du Millenium Park. Pendant quelques minutes, ils ne se disent rien. Le moteur est éteint mais il émet un sifflement.

Au loin, on entend des basses de musique techno. Jeremy tripote le joint, renifle et tire une petite bouffée.

— Tu as des plans pour Noël ? Tu fêtes Noël, Jim ? Tu crois en Dieu ? demande-t-il tout à trac.

Il crache la fumée. Olujimi soupire profondément. Noël, bon sang, il ne manquait plus que ça. Il n'a pas la moindre envie de voir ses parents ni ses frères, encore moins d'affronter leurs réprobations. Qu'ils aillent au diable, il ne se joindra pas à leurs festivités. Il restera très évasif, annulera le matin même, « crise de malaria, besoin de repos ». Il n'a toujours pas répondu au message d'Akande.

— Rien prévu cette année, répond-il en se demandant de quoi ils pourraient bavarder.

Il évince sciemment la question de Dieu. Doit-il lui parler de son frère, des menaces de ses parents ? Il hésite à entrer dans les détails. Il a tant sur le cœur et si peu les moyens de l'exprimer. Il ferme les yeux quelques secondes pour se reprendre, tourne ensuite la tête vers Jeremy qui n'a pas bougé d'un poil. Il semble comme figé.

— Et toi ? hasarde-t-il, tandis que le regard de Jeremy se perd dans la braise au bout de son joint.

— Je monte à Maiduguri quelques jours, répond-il en toussotant.

Il jette la cendre par la fenêtre ouverte et poursuit :

— Il y a des nouveaux cas de choléra dans le Nord-Est.

Quand il parle, Jeremy fait des pauses, on dirait que quelqu'un lui souffle ses répliques dans une oreillette et qu'il prend le temps de mémoriser la phrase avant de la répéter.

— Je fais des photos pour une ONG, poursuit-il.

Encore un blanc. Il tire une latte, expire lentement.

— J'essaye aussi d'en vendre quelques-unes à Reuters, je passe le réveillon de Noël là-bas, peut-être aussi le Nouvel An.

Il tend à nouveau le joint à Olujimi et reprend :

— Tu as envie de venir ?

Olujimi jette un coup d'œil oblique à Jeremy, s'attend à lire dans son regard de l'ironie. Jeremy a les yeux vitreux, il a l'air défoncé, mais rien ne suggère le moindre sarcasme. Il se saisit du joint et répond sans ambages :

— Qu'est-ce que tu veux que j'aille foutre avec les cholériques ?

Jeremy étouffe un rire qui déclenche aussitôt une quinte de toux. Olujimi rit avec lui, les premières secondes, mais la crise s'éternise et l'envie de rire retombe. Son ami hoquète, son torse ballotte. On dirait qu'il va s'asphyxier. Olujimi le regarde, désarçonné.

— Je m'en doutais, finit par cracher Jeremy dans un raclement de gorge interminable.

Il est au bord de l'extinction de voix. Olujimi n'étant pas non plus d'humeur loquace, ils n'échangent plus un mot.

Le sifflement du moteur s'est tu, les basses de techno ont augmenté leur cadence, ils sortent de la Kia et empruntent un chemin de terre qui leur semble mouvant. Installé sous un arbre immense, un manguier au tronc divisé en deux et décoré de petites ampoules à lumière noire, un DJ en marcel jaune fluo balance une techno futuriste et old-school à la fois, un remix que Jeremy identifie aussitôt. Ce sont les percussions de Safri Duo.

— Fuck, c'est d'la bonne.

Jeremy bat la mesure avec son index, sort un pochon de poudre blanche de la poche arrière de son jean.

— Viens, Jim, suis-moi.

Cette fois, Olujimi en a assez vu, assez entendu. Il laisse Jeremy disparaître dans la foule ondoyante.

— Non merci, je vais rester ici, répond-il.

Il se retrouve seul au milieu de la foule, il n'y a plus que la musique et la lumière de Wood, des touches de violet, d'orange et de rose fluorescent sur les T-shirts et sur certains visages peints. Olujimi se laisse porter par la musique et ses ondes palpitantes. Il ne sait pas s'il danse ou s'il ne fait que tanguer mais il est bien, il n'a besoin de personne. L'anonymat de ces silhouettes qui l'entourent, qui bougent autour de lui, l'apaisent, il est incognito ce soir lui aussi.

Soudain, il sent la pression de deux mains sur ses épaules. Olujimi se retourne. Le visage qui lui fait face porte un maquillage phosphorescent, et la lumière noire allume les quelques touches de pinceau appliquées délicatement sur la peau de son front, de ses joues et de son nez, des constellations d'étoiles sur ses tempes, des aurores boréales dans ses cheveux. Ses lèvres sont charnues, nébuleuses de plasma et de poussières interstellaires. Derrière le masque, un visage familier, un sourire familier. Seul son parfum a changé.

14

— Kingsley ?

Qu'il est étrange de tomber sur une vieille connaissance sous un manguier au tronc divisé. Ils s'étaient perdus de vue et retrouvés plusieurs fois dans leur vie, cela semblait être inscrit dans le plan que Dieu avait pour eux. Kingsley, un ami du lycée, le seul ami avec lequel Olujimi avait pu partager certains de ses secrets. Une onde de soulagement le traverse de la tête aux pieds.

— Quoi de neuf, Olujimi ?

Il a envie de s'ouvrir tout à coup, de tout lui raconter, sans retenue. Il voudrait lui parler de ses succès, de ses blocages, explorer avec lui tous les aspects les plus inavouables des conflits intérieurs qui l'habitent en ce moment. Mais il ressent aussi l'urgence, dans un premier temps, de rester droit et pondéré. Entre Kingsley et lui, il y avait toujours eu une sorte de rivalité.

— Je vais très bien, merci, répond-il, en essayant de ne pas avoir l'air trop fatigué.

Ils se fixent un instant, Olujimi ne peut résister, il se met à sourire de toutes ses dents. Un fond d'espièglerie flotte dans le regard de Kingsley, comme dans ses souvenirs, une arrogance bien placée qui lui plaît depuis toujours et l'amuse beaucoup. Il aimerait qu'ils se replongent dans leur mémoire commune, réentendre ce qu'ils se disaient à l'époque, en rire, mettre à jour leur biographie.

— Je fais de l'exercice, reprend Olujimi d'un ton plus naturel. Je me suis mis au yoga.

Il mime la posture de l'arbre, une jambe repliée tout en haut de sa cuisse, et ses mains jointes au-dessus de sa tête. Kingsley hausse les sourcils mais ne répond rien, alors Olujimi ajoute encore :

— Je ne te demande pas où tu en es, puisque tout le pays est au courant.

Ils rient. Kingsley lui tapote affectueusement le dos, sa main s'attarde quelques secondes sur la peau de sa nuque. Le DJ change de registre, prend un virage plus expérimental, drum and bass.

— On va parler dans un endroit tranquille ?

Ils marchent jusqu'au parking, la nuit est douce, les jeux de lumière de la rave se perdent dans le noir du ciel. Olujimi est apaisé, la présence de Kingsley le tranquillise, il se demande comment il a bien pu tenir toutes ces années sans véritable ami auprès de lui, sans personne avec qui décrypter ses sentiments. Il aimerait que Kingsley soit encore celui à qui il peut tout raconter, sans filtre, mais il n'est pas sûr que ce soit possible, adulte. Il se méfie de l'amitié. Il attend que Kingsley dise quelque chose, mais finalement, des mots sortent spontanément de sa bouche.

— J'ai l'impression qu'on ne s'est jamais quittés, et en même temps, que ça fait une éternité qu'on ne s'est pas vus, pas toi ?

Les yeux noirs de Kingsley lui répondent par l'affirmative, oui, pour lui aussi c'est pareil. Leurs pensées semblent déjà converger, ils sont peut-être toujours sur la même longueur d'onde, il y a cette base commune en tout cas, quelque chose qu'il n'a jamais ressenti avec personne d'autre. Quand Kingsley lui apprend qu'il ne va pas s'attarder à Abuja, Olujimi sent son cœur devenir tout froid.

— Il faut que je rentre à Lagos le plus vite possible, je vois un nouvel investisseur, un gros, il vient d'avancer notre rendez-vous à demain en fin de matinée.

Il tient dans sa main ses clés de voiture, sourire en coin, et commence à les faire tourner autour de ses doigts.

— Tu n'es jamais venu me voir chez moi, dit-il. Ça te dirait de m'accompagner ? Ça nous permettrait de rattraper le temps perdu.

Il appuie sur le bouton-poussoir et les phares d'un monster truck aux roues démesurées s'allument, se reflétant sur le visage médusé d'Olujimi. Cette « chose » ne peut pas être réelle tant elle lui semble disproportionnée. Il ne sait pas quelle force absurde en cet instant le pousse à accepter la proposition de son ami. Depuis qu'il est sorti de la clinique, il est une poupée de chiffon sans volonté.

— Tu ne vas pas dormir ? demande Olujimi en se hissant sur le siège passager.

Au moins treize heures de route les séparent de Lagos. L'habitacle du véhicule sent le chewing-gum et a des allures de cockpit d'avion.

— J'ai dormi tout le jour, répond Kingsley en mettant le contact.

Le moteur vrombit, tout vibre. Il s'engage avec beaucoup de précautions, d'abord, dans les rues d'Abuja, le bolide roule au pas. Olujimi ne parle pas, concentré sur le paysage – c'est sa ville mais il ne reconnaît rien, l'angle de vue est nouveau. Sur les routes périphériques, son ami roule de plus en plus vite. Il accélère, les lumières au dehors déclinent. Il accélère encore et l'obscurité les avale tout entiers.

L'asphalte est en mauvais état, des cailloux se brisent avec fracas sur les jantes. Kingsley va beaucoup trop vite. Parfois, les branches des arbres en bord de route fouettent le pare-brise et la carrosserie en la faisant crisser. Olujimi tente de s'accoutumer à la vitesse. Il s'accroche à la poignée en cuir suspendue au plafond. Il ne veut pas mourir, il prie pour que Dieu les préserve d'une mort aussi stupide. Malgré lui, il voit sa vie défiler. Des souvenirs resurgissent, longtemps ensevelis dans la torpeur d'une enfance à rallonge, rigoriste et ponctuée de bien peu de plaisirs. À l'adolescence, ses rêves de papier glacé, l'ébauche d'une vie à soi sur du papier brouillon. Diverses ratures, quelques filles à quinze ans. De sourds malentendus qu'il préfère oublier.

Un beau jour, son chemin avait croisé celui de Kingsley Okoye. À l'époque, c'était un jeune garçon trapu et boutonneux aux sourcils touffus, aux yeux déjà très noirs et à la voix nasillarde. Il avait l'iPhone, le tout premier smartphone. Une révolution pour l'époque. C'était leur dernière année de lycée, l'année où l'Internet était devenu social. Facebook avait le vent en poupe, les blogs mode et lifestyle aussi avaient la côte et se livraient une concurrence féroce. N'importe qui pouvait jouer au mannequin, les looks de rue pullulaient sur la toile, le maître-mot était l'extravagance. En ce temps-là, *Sex and the City* sortait au cinéma et Lady Gaga saturait les ondes radio de ses premiers succès, *Just Dance* et *Poker Face*. C'était l'année du « Yes We Can », Kingsley avait le monde à son pouce, et Olujimi le regardait par-dessus son épaule. Il sentait le déodorant Axe Pulse et c'était l'odeur de l'infinité qui se jouait sous ses yeux.

Animés tous les deux d'un certain voyeurisme, ils s'étaient volontairement égarés dans les méandres pixélisés de l'univers 2.0. De lien en lien, de blog en blog, ils étaient tombés sur Bryanboy, un blogueur philippin à l'androgynéité avant-gardiste et assumée. L'obsession avait été immédiate, totale et partagée. Les pérégrinations modesques d'un excentrique avaient éveillé leur curiosité, le spécimen était licornesque, dirait-on quelques années plus tard, à la croisée du fashionisto et de la it-girl. Après les cours, ils piquaient les vêtements, les bijoux et les sacs Louis Vuitton de leurs mères et imitaient ses poses efféminées sur le bitume terreux et craquelé de Lokoja. Le soleil oblique de la fin d'après-midi embrasait leurs visages encore rondelets d'adolescents.

Ils documentaient leurs prouesses avec l'iPhone de Kingsley, qui possédait un rudimentaire appareil photo intégré. Les mercredis après-midi, quand leurs parents croyaient qu'ils révisaient, ils mobilisaient toute leur énergie et leurs données mobiles pour inonder la boîte mail de Bryanboy de leurs photographies. Ils n'oubliaient jamais de laisser un commentaire sous ses articles de blog, décortiquaient, critiquaient même parfois ses nouveaux looks, adulaient ses succès.

Un jour, Kingsley avait échappé son téléphone dans les toilettes. Sa mère avait ouvert la porte des WC sans frapper, il avait été pris de panique. Dans l'affolement, il avait tiré la chasse. Toutes les photos étaient perdues. Olujimi avait accueilli la nouvelle avec beaucoup de maturité. C'était la fin d'une époque et c'était peut-être mieux ainsi. Une dizaine de jours après l'incident, leurs trajectoires bifurquaient. Kingsley déménageait à Ibadan pour poursuivre des études d'informatique, Olujimi intégrait la fac de droit de Lagos.

Là-bas, Olujimi avait vite déchanté. En quelques jours à peine, le monstre urbain avait fait de lui son jouet, le soumettant à ses lois déréglées et obscènes. Il vivait dans la peur, la peur de pourrir vivant dans l'humidité, peur de finir happé par l'un de ces gigantesques générateurs qui ronflaient bruyamment de jour comme de nuit. Persévérant, il s'était réfugié dans le travail. Depuis sa solitude, il pensait quelques fois à Kingsley, à leurs shootings de mode, ces moments de bonheur cantonnés au passé. Il aurait aimé retrouver ne serait-ce qu'une seule de ces photos pour pouvoir la poster sur le compte Instagram qu'il venait, à l'époque, de créer, #throwbackthursday, #goodtimes, #oldbutgold.

Olujimi avait déjà emménagé à Abuja lorsqu'ils s'étaient enfin revus, bien des années plus tard. C'était en plein mois d'août, ils s'étaient donné rendez-vous à l'ombre des fastueuses paillotes du Fulani Bar, l'un des cafés du Hilton. La piscine hexagonale miroitait d'un bleu d'aniline électrique, contrastant avec la dominance orange et grise de l'hôtel. C'était un colossal édifice, tout droit sorti des années quatre-vingt. Il se dressait sur dix étages, une étoile à trois branches de six cent soixante-sept chambres, quatre restaurants, trois courts de tennis, deux bars, deux cafés, une salle de sport, un casino, une boîte de nuit, et d'innombrables salles de réunion, boutiques de luxe et agences de voyages. La piscine était cernée d'une centaine de transats rouges, dont la plupart étaient inoccupés. Un homme d'un certain âge y nageait ce jour-là, en solitaire. Sa peau, probablement blanche à l'origine, prenait des tons violets dans l'eau chlorée. Quelques clients flemmardaient à proximité du restaurant, les serveurs allaient et venaient sous un soleil de plomb, approvisionnaient en bières, ravitaillaient d'ailes de poulet, de travers de porc et de frites, remplaçaient les cendriers pleins par des vides.

La saison des pluies battait son plein ; les journées étaient étouffantes, aveuglantes, les nuits moites et trempées. Les orages éclataient toujours à la même heure, quelques minutes avant le crépuscule. Chaque soir, le même spectacle se répétait dans une routine millimétrée, comme la scène d'un film que l'on rejouerait cent fois jusqu'à ce qu'elle soit parfaite. Un cumulonimbus foncé apparaissait à l'est, derrière les courts de tennis, d'où l'on apercevait l'Aso Rock. Il grossissait d'abord verticalement, comme un panache éruptif, étoffé, menaçant. Puis on le voyait se déployer à l'horizontale, assez rapidement, engloutissant dans sa course effrénée l'hôtel et les boulevards alentour, les villas, les marchés, les tours inachevées du quartier des affaires, le boulevard périphérique et ses collines farouches. Le vent prenait de l'ampleur, soulevant les cheveux, les housses des chaises, les dessous de verre en papier et la cendre des cendriers qui, tourbillonnante, venait se coller au visage, et atterrissait parfois dans les yeux. Et quand la première goutte tombait, lourde, redoutable, ce n'était plus qu'une question de secondes avant que le déluge ne s'abatte sur la ville, courbant les arbres-mâts, les cocotiers, les flamboyants, affolant les grues de construction qui tournaient sur elles-mêmes dans un spectacle effrayant, emportant avec lui les branches des arbres, les sacs plastique, occultant la vue dans un vacarme assourdissant, le brouhaha de la mousson.

Kingsley était arrivé le premier, Olujimi l'avait trouvé en train de pianoter sur un MacBook, le dernier iPhone collé à son oreille. Il portait une chemise bleu ciel, ses manches étaient retroussées et laissaient apparaître des bras musclés et poilus. Les traits de son visage s'étaient affinés avec les années, son acné de jeunesse y avait laissé des cicatrices qui lui allaient drôlement bien. Sa voix était moins nasillarde qu'à l'époque, plutôt enrouée. Diplôme en poche, Kingsley avait quitté Ibadan et s'était volontiers laissé happer par la machine à broyer qu'était Lagos. Il avait trouvé son bonheur à Yaba, dit « Yabacon Valley », le quartier de Lagos où émergeaient, chaque jour, de nouvelles start-up – une Silicon Valley version africaine où l'esprit d'entreprise dévorait tout sur son passage, les miasmes de la lagune, les jeunes diplômés, la misère et l'adversité. La ville-monde l'avait recraché comme un « king coder », un développeur de génie qui allait bouleverser l'univers des applications de rencontres sur Internet. Il travaillait sur plusieurs projets à la fois, il parlait web, mangeait web, dormait web, évoluait et s'épanouissait au rythme inhumain de la fourmillante cité aux vingt millions d'habitants.

— Et tu arrives à survivre dans tout ce boucan ? s'était étonné Olujimi qui venait tout juste de quitter l'enfer de la métropole.

— J'aime le son de Lagos, avait répondu Kingsley du tac au tac, comme s'il avait l'habitude qu'on lui pose cette question. Il me porte, me pulse, m'entraîne.

Devant la moue insistante d'Olujimi, il avait ajouté :

— C'est dur, je ne dis pas le contraire. C'est un combat de chaque instant. Si t'es pas sharp, tu te fais dévorer tout cru.

Il y avait eu un blanc. Olujimi s'était demandé si son ami n'était pas un petit peu devenu arrogant.

— Sans Lagos, avait ajouté Kingsley, je ne serais pas devenu celui que je suis aujourd'hui.

Sur ce, Olujimi avait allumé une clope.

— Et qu'est-ce que tu viens faire à Abuja, du coup ?

Kingsley avait pris un air mystérieux.

— Je suis sur un gros coup, avait-il répondu. J'essaye de développer un truc qui doit fonctionner dans tout le pays, tu vois ? Du coup, je bouge pas mal.

Le temps de faire ses petites affaires à Abuja, « six mois, un an », estimait-il alors, il s'était loué un pied-à-terre en périphérie de la ville, à l'est, en bordure d'un marché. Il vivait dans une simple baraque : six mètres carrés, chape en ciment, murs en parpaings, couverture en tôle, faux plafond. C'est tout ce qu'il pouvait s'offrir pour le moment, et en découvrant l'endroit, Olujimi avait oublié sa jalousie. Les empyreumes de friture ne le dérangeaient pas, fort heureusement, car on grillait et vendait du poisson à quelques mètres de son domicile. Il suffisait de s'aventurer dans un dédale circulaire d'épiceries, de bric-à-brac et de kiosques à télécommunications pour rejoindre le cœur du marché, ses grils, ses tables et ses chaises en plastique, la suie et les poissons-chats dans leurs bassines. Une trentaine de femmes s'activaient entre la braise, les tables et les frigos. Une odeur de mazout nappait le lieu d'effluves entêtants ; une vingtaine de générateurs étaient allumés en même temps.

Du grillage coulissant qui lui servait de porte-fenêtre, Kingsley adorait observer le crépuscule qui s'écroulait par-dessus Murtala Mohammed Road, la voie rapide derrière les pylônes électriques. Il se félicitait de cette vue qu'il trouvait à son goût, romantique, extravagante et infernale tout à la fois. Pendant la saison sèche, les particules de sable et de poussières flottantes, portées par l'ondoiement des combustions, semblaient charrier des morceaux de soleil couchant ; on eût dit qu'il suffisait de tendre la main pour les attraper. Son logis résonnait d'un concert de cliquetis incessants, qui ne s'arrêtaient que quelques minutes toutes les heures, le temps de contempler le travail accompli. Rivé à son ordinateur, il développait dans le plus grand secret une application de rencontres qui, il l'espérait, le rendrait un jour riche et heureux.

Riche, il l'est. Pour sûr, il a réussi son coup. Kingsley Okoye est de loin le plus célèbre des *founders* nigérians. Il a créé une application hors normes, Planète Naija, dont le succès n'a échappé à personne. Son idée était simple et osée, intégrer l'homosexualité à un site de « rencontres pour tous ». La rhétorique avait convaincu ses millions d'utilisateurs : « Sur Planète Naija, à chacun son véritable match, fini les alibis, les mariages arrangés. » Kingsley avait également codé ce qu'il appelait un bouclier « anti-arnaque » contre les Yahoo Boys, ces escrocs, auteurs de faux profils sur les portails homosexuels pour molester ou rançonner du gay. Kingsley semblait avoir pensé à tout. Mais avait-il songé aux potentielles répercussions ? Très intrigué, Olujimi lui pose aujourd'hui la question. Ce doit être beaucoup de stress, comment s'y prend-il pour résister à la pression ? Il ne peut pas s'imaginer une seule seconde que tout cela se passe sans incident, lui-même pour trois fois rien croule sous les menaces de mort.

— L'argent, répond Kingsley, et il n'y a pas la moindre hésitation dans sa voix.

L'argent, bien sûr. On peut acheter tout et n'importe quoi dans ce foutu pays. Un appartement sécurisé, une voiture blindée. Le silence des autorités, le soutien des médias. L'amour, la tendresse. La complaisance de sa famille. Mais l'argent a aussi ses limites. Kingsley a forcément un truc en plus. Il dégage une confiance indéniable quand il parle de son parcours, de ses efforts, un trait de caractère qu'il attribue à sa culture nigériane et à la façon dont il a été élevé.

— Je suis fier d'être nigérian, tu sais, et ça affecte la façon dont j'appréhende ma vie.

— Tu n'as pas l'impression que ton pays te laisse tomber, parfois ?

La question le contrarie, mais il n'oscille pas longtemps.

— Non, c'est à moi d'élever mon pays, c'est moi qui n'ai pas le droit de le laisser tomber. Le pays évolue avec moi, au rythme de mes réalisations, de nos efforts à chacun. Le pays, c'est nous.

— Et la loi, c'est nous ? On risque la prison en se tenant la main dehors, tu peux cautionner ça ? Tu vois, quand j'étais plus jeune, je pensais comme toi… c'est pour ça que j'ai fait des études de droit, je pensais… je pensais faire bouger les choses, tu vois.

Il étouffe un sanglot.

— Je ne me sens plus en sécurité nulle part, Kingsley, je n'ose plus rien poster sur les réseaux sociaux, alors même que je n'ai jamais fait mon coming-out.

Sa voix monte dans les aigus. Il respire difficilement.

— Ils en ont après moi, ils veulent me tuer, tout raconter à ma famille. Ils menacent de me violer.

— Qui ?

Olujimi se bat contre les larmes.

— Les gens, sur Instagram.

Kingsley sourit d'un air triste.

— Parfois, je regrette même tout ça, le compte Insta, la mode, ces publications, l'interview, toutes ces conneries. Je donnerais n'importe quoi pour retrouver ma vie d'avant.

— Tu ne peux pas tout remettre en question comme ça, Olujimi, tu le sais bien. Il y a une mission derrière tout ça. Rappelle-toi pourquoi tu as commencé. Tiens, je vais te rafraîchir la mémoire : « On peut clamer sa liberté sexuelle avec un bout de tissu. La mode, lorsqu'elle embrasse la politique, peut bousculer les mœurs, la foi, les lois. »

Olujimi prend une longue inspiration. Ces mots lui font du bien. Ce sont les siens.

— J'ai toujours ressenti l'obligation de parler, reprend-il, momentanément apaisé, de démentir ce qu'on dit de nous dans les médias, la société. Tu as remarqué, ils ne nous voient que du point de vue de la sexualité. Ils voient l'acte avant de voir la personne.

Il y a des histoires à raconter… la mienne, la tienne et tant d'autres, elles sont tellement nécessaires. Je voulais les célébrer à travers la mode et la beauté, normaliser, humaniser nos expériences gays, donner un peu de joie à ceux qui pensaient n'avoir aucun modèle auquel se raccrocher. Une partie de moi s'accroche encore à un rêve, ajoute-t-il dans un soupir. Le rêve que le Nigeria puisse être un jour un lieu sûr pour les gens comme nous.

Le monster truck à la carrosserie violette et aux roues surdimensionnées continue de filer vers le sud. Olujimi a fini par s'endormir sur le siège passager. Lorsqu'il se réveille, au petit matin, il a l'impression de flotter dans les miasmes, juste au-dessus de la lagune. Ils traversent le Third Mainland Bridge et un flow nonchalant vibre à ses oreilles, un refrain du chanteur Runtown.

« *If I sing for you, you go love me o*
Baby love me non-stop, I will love you non-stop
Always kiss you on top, baby o
All over the world wan wa mi o, play the music non-stop
Tell them dance to my song, tell them shake bum bum ohweh »

Les notes d'afrobeat tombent sur leurs vies condamnées comme des météorites filant à toute allure dans la clarté de l'aube. On croirait à la fin du monde ou au début d'un éternel été. Olujimi sait qu'il n'est pas encore au paradis, c'est Lagos, il reconnaîtrait la métropole les yeux fermés à ses relents de fuel sur le béton, de plaquettes de freins en surchauffe, aux embruns qui lui collent au front. Aucune aurore au monde ne lui a jamais renversé l'âme comme celle-ci, et il sait qu'il ne doit son trouble ni aux lueurs rosées des premières heures du jour, ni à Kingsley qui l'a conduit jusqu'ici, ni à ses bras musclés et poilus agrippés au volant, ni à Lagos donnant sur la mer et ses illusions de liberté. Non, ce sont ces quelques notes de musique qui lui élèvent l'âme comme seul le talent céleste des chanteurs d'afrobeat peut le faire, cette musique universelle qui va tellement bien au teint de son époque. Le bolide traverse Lagos, défiant ses dimensions spectaculaires, jusqu'au front de mer où les vagues viennent s'échouer sur des foreuses rouillées et des grues branlantes, soumises aux bourrasques féroces.

15

Il n'y a plus grand monde à l'ambassade d'Australie, la réception touche à sa fin. Les invités titubent dangereusement autour d'une piscine rectangulaire où flottent quelques petits fours qui ont échappé aux mains gloutonnes de convives déjà bien repus. Zainab Aliyu est arrivée aux premières heures de l'événement dans l'espoir de croiser un certain Jeremy Wright, photographe australien qui apparaît sporadiquement sur l'Instagram d'Olujimi Adenuga. Lui ne possède aucun compte sur les réseaux sociaux, ce qui complique la tâche de Zainab. Toujours est-il qu'à ces soirées mondaines, on a tôt fait de rencontrer le tout Abuja, et la probabilité de trouver un photographe australien à l'ambassade d'Australie un soir de fête se situe selon elle entre quatre-vingt-dix et quatre-vingt-dix-neuf pour cent. De longues heures durant, elle l'a attendu en faisant semblant de s'intéresser à la raison pour laquelle cette réception était donnée – l'ambassade australienne finance une initiative locale de « surcyclage », la récupération de matériaux ou de produits bons à jeter pour leur donner une seconde vie. Mais ça l'a profondément barbée, ces fauteuils en pneus usés, ces banquettes en palettes de bois, elle les trouve tristes et décharnées, la cause environnementale, ça n'est pas tout à fait sa tasse de thé.

Lorsqu'elle renonce et se décide enfin à s'éclipser, elle l'aperçoit, dehors, dos à la route, il se tient en bas des marches de l'escalier, affairé sur son téléphone portable, un mégot coincé entre les dents. Sous son bras gauche, il emporte un des deux kangourous dorés qui décoraient le hall d'entrée de l'ambassade, un moulage en plastique d'au moins un mètre de haut. Zainab s'approche. Il relève le visage, le bout incandescent de sa cigarette pointe vers elle, ses yeux l'interrogent – de grands yeux bleus un peu décolorés, vaguement désorientés, à la familiarité immédiate. Elle prend un ton prévenant et courtois pour l'aborder.

— Vous venez d'arriver ? Je crois que vous êtes un peu en retard, tout le monde est en train de partir.

Ce sont les mots qui sortent de sa bouche mais son regard interloqué pose une autre question, une question qu'elle n'ose prononcer à haute voix : « Avez-vous l'intention de kidnapper ce kangourou ? »

— Oh, non, je ne fais que passer, j'attends ma femme, répond l'homme avec nonchalance.

Puis, remarquant son trouble et ses œillades vers l'objet, il se justifie :

— Chut, c'est une surprise pour elle, surtout, ne dites rien. D'ailleurs, rafraîchissez-moi la mémoire, on se connaît ?

Il l'observe en plissant les yeux tandis que la fumée lui lèche les sourcils. Son portable, à sa main droite, est ouvert sur l'application Uber, la petite voiture sur la carte est toute proche, le logiciel estime le temps d'attente à deux minutes. Zainab saisit aussitôt la perche tendue :

— Oui, je suis sûre qu'on s'est déjà vus.

Elle invoque un ami commun, Olujimi Adenuga, et bingo, le visage de Jeremy s'illumine.

— Oui, bien sûr, Olujimi ! Je savais bien que votre tête me disait quelque chose.

— On me le dit souvent !

Il jette son mégot et l'écrase plus longtemps qu'il n'aurait suffi pour en éteindre la braise. Olujimi Adenuga est à Lagos, apprend

Zainab, il est parti « prendre l'air », « ça fait quoi, quelques jours à peine », en compagnie de son ami Kingsley Okoye, « vous connaissez, je suppose ». Oui, elle connaît bien le fondateur et PDG de cette célèbre application de rencontres, Kingsley Okoye avait souvent été invité par la chaîne mais il avait toujours décliné froidement chacune de leurs sollicitations.

La femme de Jeremy apparaît en haut des marches, longue dans sa jupe bigarrée qui frôle le sol. Éméchée, elle tangue. Elle lui fait une scène pour le kangourou, « qu'est-ce que tu as encore fait », puis elle l'embrasse tendrement et lui ébouriffe les cheveux. Leur Uber est là, ils s'y engouffrent sans se retourner et la Toyota noire redémarre dans une nébuleuse de combustible. On ne reverra plus le kangourou.

Zainab décide de rentrer à pied, la nuit est douce et elle habite à quelques centaines de mètres seulement de l'ambassade. La lune est invisible dans le ciel, des idées vont et viennent dans sa tête mais le fond de sa pensée est confus. Le chemin qui conduit à Kingsley Okoye est barré, elle le sait, il se méfie des journalistes. Il vit et travaille à Lagos, elle est à Abuja, elle ne peut pas se permettre de s'absenter pour le suivre, il faudra encore patienter.

Le frémissement du vent dans les feuilles des manguiers d'Asokoro fait naître en elle une mélancolie abstraite, à moins que ce ne soient les mots de Jeremy, « j'attends ma femme », elle aimerait tellement que quelqu'un l'attende, elle aussi.

16

— Tu peux rester aussi longtemps que tu veux.

Olujimi s'assied du bout des fesses sur le canapé en tissu rouge, comme pour le juger, comme si cela pouvait jouer dans sa décision – est-ce un canapé où l'on peut rester dormir deux nuits, deux semaines, deux mois ? À vrai dire, il est perdu. Ses confidences, dans la voiture, lui ont fait du bien, mais elles ont rendu la « chose » réelle, et il a pris conscience que rien ne serait plus jamais comme avant.

Avant l'article, il vivait dans l'ombre, avec ses quelques abonnés sur les réseaux sociaux, un jeune influenceur en vogue, conservant l'ambiguïté avec sa famille. Mais tout n'était pas encore perdu, il recevait leur affection, leur soutien financier, il savait où se réfugier en cas de besoin. Aujourd'hui, sa vie est un ballon sur l'eau, il flotte, emporté par le courant, il n'est plus maître de son destin. Il est soumis aux vents, à la charité de son entourage, en ce moment même d'un ami qu'il n'avait pas revu depuis deux ans. Il a perdu tout sens du devoir et de l'orientation. Pourtant, être tombé sur Kingsley est une aubaine, l'occasion rêvée de prendre un peu de recul pour réfléchir et pour trouver peut-être enfin l'inspiration qui lui a tant manqué ces derniers mois.

Fragile, Olujimi évite d'abord le cœur de Lagos, sa puanteur, son embrouillamini de fils électriques suspendus au-dessus de tous ces toits de tôle brûlants, les coups de guidon suicidaires des chauffeurs de tuk-tuk slalomant à contresens dans les embouteillages. « Jesus Is My Brake », ce genre d'autocollants sur les taxis jaunes à trois roues ne suffisent pas à le rassurer. Il cherche un peu de réconfort sur les îles de la mégapole, marche souvent pieds nus, le soir, sur le sable collant des longues plages de Lekki, s'imagine une vie à Banana Island, dont la forme est celle du fruit éponyme. Sur la terrasse de Kingsley recouverte de faux gazon vert, il surplombe l'île Victoria et l'infinité de l'océan Atlantique droit devant lui. Sous la chaleur poisseuse des tropiques, il fait du yoga, il régénère son âme par l'exercice et la contemplation.

Les souvenirs affluent et s'entrechoquent quand il se risque un peu plus loin dans la résille de la mégapole engorgée. Il retrouve non sans émotion ses marchés aux fripes, ces piles de jeans, de robes, de maillots de football et de lingerie fine par centaines de kilos. Du seconde main, Burberry, Gucci, Versace, de la contrefaçon aussi. Il sort la nuit par quarante-cinq degrés, parfois seul, parfois avec Kingsley, il se mêle aux fêtards de Lagos, « *Oya shake body, oya move body* ».

Un jour, il fait son yoga sur la terrasse, et alors qu'il s'apprête à passer de la posture du chien tête en bas à celle du chien museau face au ciel, son téléphone sonne. Ses parents. Il décroche. Ils sont au courant. Ses pratiques contre-nature leur ont été révélées. « Par qui ? Mais peu importe, Olujimi, le monde entier est au courant. » L'appareil collé à l'oreille, il aperçoit son reflet dans les portes vitrées qui donnent sur le salon. Qui est cet imbécile larmoyant ? Un alien. Il ne se reconnaît pas.

— Ton père a dit que ça allait arriver et que nous ne devrions pas encourager cela.

Olujimi entend la voix de son père au bout du combiné, quelque chose qu'Adebayo a prononcé tout bas à l'intention de Yejide – son père ne daigne plus lui adresser la parole directement, c'est un choc –, il voudrait plonger sa main dans le téléphone et rattraper son père par l'épaule, qu'il imagine le dos tourné, il aimerait lui demander pardon, s'il te plaît, parle-moi, parle-moi encore – mais l'impuissance, en l'instant, l'envahit. Il n'entend plus que la respiration saccadée de sa mère, elle s'était mise à sangloter, puis elle s'était mouchée bruyamment. Les vivres lui sont coupés, apprend-il ensuite, le ton est sec, il doit dès que possible libérer l'appartement.

— Tu sais ce qu'il te reste à faire si tu veux notre aide.

Il est en larmes lui aussi, mais quoi, mère, quoi, par pitié, dis-moi quoi faire, ne m'abandonne pas. Il voudrait redevenir le petit garçon qu'il était lorsqu'il avait trois ans, celui qui courait vers elle, les bras ouverts, bouclettes au vent, celui qui défiait ses frères de se faire aimer plus, regardez, c'est moi Olujimi, c'est moi le préféré, vous connaissez la signification de mon prénom, maman me considère comme un cadeau de Dieu.

— Repens-toi, fils, répond-elle dans un souffle harassé, abandonne ton désir impie, consacre ta vie au Christ. Et reviens-nous.

Les propos de sa mère tournent dans sa tête, vont et viennent, le transpercent, l'éclaboussent de l'intérieur. C'est un carnage. Son père a refusé jusqu'au dernier moment de lui parler. Il n'entendra peut-être plus jamais sa voix. Les yeux d'Olujimi sont rouges, incandescents, il se sent comme une torche vivante. Il se précipite dans la salle de bains de Kingsley, se déshabille dans l'urgence, ses vêtements de sport le brûlent. Il entre dans la spacieuse cabine de douche en marbre blanc et laisse couler l'eau froide sur sa tête, son corps. Il hurle. Il voudrait se laver de la souillure des mots mais il a beau frotter, le cortège blessant des paroles acides s'accroche à lui, lui ronge le cœur et la conscience.

La seconde où il sort, il est tenté de tout laisser tomber, il s'essuie les cheveux avec une serviette moelleuse et le dilemme s'impose : d'un côté, le besoin de confort, de tendresse, de se sentir au chaud parmi les siens, de l'autre, l'exil, cette aventure risquée. Il enfile un slip qu'il vient d'acheter sur le marché, un slip orange fluo presque aussi beau que ceux d'Elie. L'exil, sa seule possibilité d'être lui-même. Mais il faut avoir les moyens pour les frais d'avocat, la demande d'asile, il faut avoir la foi, la force et le courage. Il connaît ces histoires, il n'est pas le premier. Squatter chez des « amis » en attendant le graal, le permis de travail. Alors qu'il passe un coup de peigne dans ses cheveux et se regarde dans un miroir qui n'est pas le sien, il sait qu'il vit le premier épisode d'une longue série de passages obligés.

17

À peine Olujimi est-il sorti que l'on frappe à la porte restée entrouverte. Kingsley ne bouge pas. Roselyn toque encore, passe la tête par l'entrebâillement. Elle finit par entrer, lui indique avoir croisé Olujimi dans l'ascenseur.

— Il avait l'air K.-O., dit-elle en faisant la moue, c'est ton nouvel amant ?

Kingsley ne répond pas. Son regard est aspiré par l'immense terrain vague qu'est encore Eko Atlantic, cette île artificielle conquise sur l'océan. Sans Olujimi, la vue n'est plus la même. Bientôt, d'autres hyper-riches comme lui viendront se réfugier dans ces gratte-ciel étincelants, protégés de la violence de la mégapole. Et il se sentira peut-être moins seul. Oui, sa solitude ne peut être due qu'à cela. Ce quartier fantôme depuis lequel il ne reconnaît plus cette ville qu'il a pourtant tellement aimée. Du haut de son building de luxe, il voit Lagos à trois cent soixante degrés, une vue imprenable sur son passé tarabiscoté, sur son avenir dénué de bon sens, sur ses vingt millions d'habitants, ses clients. Il se tourne vers Roselyn et l'embrasse sur la joue.

— Je déteste ce parfum, pourquoi tu me tortures ?

Elle a osé s'asperger d'*Alien* de Thierry Mugler. Ça sent la femme occidentale botoxée dans tout l'appartement.

— Si tu veux que j'en mette un autre, il va falloir me payer plus. Je veux bien te servir de couverture, mais passer le réveillon de Noël avec ta famille, c'est trop me demander.

— Va te doucher.

Il lui tend un billet de mille nairas, tiré de la poche intérieure de son agbada bleu marine et rose. Il en déteste les couleurs, le tissu est rêche. C'est sa sœur qui l'a choisi. Aujourd'hui, ils doivent tous porter les mêmes couleurs.

— Tu te fiches de moi. J'ai laissé ma fille à ma sœur, aujourd'hui. Tu me donnes dix mille, ou tu ne me revois plus.

— Va te doucher, et si tu arrives à faire partir cette odeur infecte, on en reparlera, répond-il froidement.

La jeune femme lui sourit obligeamment et commence à se déshabiller devant lui. Kingsley tourne la tête et s'assied sur un fauteuil en skaï noir. Son regard s'arrête un instant sur la table basse en bronze et verre églomisé. Elle a coûté une fortune mais il ne l'aime pas, on aurait pu tuer quelqu'un avec ses angles saillants. Mais elle est si lourde que l'idée même de s'en débarrasser le fatigue. Ses meubles le rendent triste.

Il sort son téléphone de sa poche et s'enquiert des notifications en attente. « *Merry Christmas, King Kingsley* », « *Compliments of the season, boss* ». Il déteste Noël. Il pose le téléphone sur la table et en sort un deuxième de l'autre poche intérieure, celle de gauche, côté cœur, pense-t-il à chaque fois dans un demi-sourire. Son visage s'ouvre enfin, ses traits s'illuminent. Il ne voit pas le temps passer, mais une fragrance entêtante lui indique que Roselyn se tient à quelques mètres de lui. Il range le téléphone à contrecœur.

— Ça sent encore, dit-il sans se retourner.

D'abord, la messe, ensuite, le riz jollof de tante Abifoluwa. Elle allait encore lui poser des questions sur sa vie amoureuse. Pourquoi n'acceptait-elle pas simplement ses cadeaux hors de prix sans broncher comme tous les autres membres de la famille ? Lui, il lui foutait la paix, après tout. Il ne lui demandait pas pourquoi elle abusait des crèmes blanchissantes depuis de si longues années, pourquoi sa peau était jaune et grise, pourquoi elle préférait cette nuance de cadavre au teint noir. Cette année, donc, il y aura Roselyn aux côtés de Kingsley, une potentielle fiancée qu'ils ne reverront jamais. Une fille de Somolu, une prostituée qu'il allait faire passer pour une chic demoiselle de Banana Island. Mentir, toujours plus. Il ne faisait que ça, repousser l'échéance. Et dire qu'il pensait qu'être riche le rendrait heureux.

Dans la limousine, Roselyn est scotchée à son téléphone. Elle écrit à sa fillette. Rien ne semble exister autour d'elle, sinon cet écran tactile qui la relie au seul être auquel elle tient et avec qui elle ne fêtera pas Noël. Elle est assise dans le sens de la marche, Kingsley est en face d'elle, dos au chauffeur. La voiture s'engouffre tout doucement sur Falomo Bridge, direction Ikoyi. Ils passent d'un quartier huppé à un autre, d'un centre d'affaires à une zone résidentielle, extrêmement privilégiée, où la famille a décidé de se retrouver pour une messe VIP. L'année dernière, c'était plus simple. L'année dernière, ils s'étaient retrouvés, comme chaque année depuis toujours, à Lokoja, leur maison de famille. Mais maintenant qu'ils étaient riches, maintenant qu'il les avait rendus riches, il fallait passer des fêtes sophistiquées. Ça ne suffisait pas d'avoir de l'argent, il fallait le montrer. Les clôtures sont hautes et la limousine rase la terre. Kingsley essaye de ne penser à rien, surtout pas à Olujimi. Ces derniers jours, il a vu la peur sur son visage. La honte. L'anxiété dévorante. Le poids du harcèlement en ligne. Il a vu un être humain s'effondrer, ouvrir les vannes. Tant de souffrances, tant de larmes. Kingsley est différent, il ne pleure pas. Il n'a jamais pleuré.

Roselyn pose sa tête contre la vitre. Son téléphone est dans son sac à présent, elle le serre contre son ventre. Elle porte une robe longue mermaid péplum et un foulard gele orange et marron noué par-dessus ses cheveux – les tenues assorties, c'est seulement pour les couples mariés. La robe est asymétrique et dévoile une épaule osseuse, ça va encore faire parler, c'est quoi cette fille qui ne mange pas assez, est-ce qu'au moins elle sait cuisiner, Kingsley, c'est quoi ces filles que tu nous ramènes, ce n'est pas sérieux. Roselyn est prête à tout entendre, elle s'en fiche, elle veut juste l'argent et retrouver son enfant, plus tard, ce soir, et s'endormir avec elle en chien de fusil et lui dire que demain, elle aura son cadeau, tous les cadeaux qu'elle veut, et que tout ira bien. Elle est plutôt jolie, Roselyn, pour une fille, pense Kingsley. Elle a des yeux de biche et le gele lui va drôlement bien. Mais elle a de ces cernes difficiles à cacher. Elle devrait faire quelque chose pour les cernes.

La voiture est bloquée dans un embouteillage, le portable de Kingsley bipe. L'avion d'Olujimi s'est déjà posé à Abuja alors qu'eux n'ont fait que deux ou trois kilomètres. Parfois Kingsley envie le courage qu'il a fallu à son ami pour quitter Lagos à l'époque et tenter sa chance ailleurs. Il réalise qu'il ne lui a jamais dit à quel point il l'admirait pour ça. Il savait ce qu'il voulait, il a pris une décision pour lui quand tout le monde lui disait qu'il devait rester à Lagos, parce que « c'est là que ça se passe ». Mais que se passe-t-il, au juste, à Lagos ? Des vies malheureuses qui se croisent dans un bus ou dans une limousine. Qu'est-ce qu'ils font, au juste, à part se rendre malheureux, Roselyn et lui ? Elle était une parfaite inconnue il y a quelques semaines à peine, et aujourd'hui, il lui achète son Noël. Ça se fait, d'acheter le Noël des gens ?

Kingsley aperçoit l'église, centre de culte anglican, un cube blanc recouvert de carrelage marron. Dans la foule agglutinée devant, il reconnaît les siens, tissu bleu marine et rose. Tante Abifoluwa, la peau saccagée, plus grise que jamais. Est-ce qu'elle se met de la crème blanchissante sur le reste du corps aussi, ou bien est-ce qu'elle a gardé un peu de peau noire ? Kingsley grimace. Il ne veut pas savoir, alors pourquoi se pose-t-il de pareilles questions ? Il se retourne vers le chauffeur, toque à la vitre.

— Oui Monsieur ?

— Changement de plan, on va à Somolu.

La voiture roule au pas, le chauffeur est prêt à s'arrêter.

— Mais Monsieur ?

— Roule, dit Kingsley en parlant tout bas, prends dès que tu peux à gauche, Osborne Road. Et tu nous emmènes à Somolu. Roselyn, c'est quoi ton adresse ?

Roselyn marque un temps d'arrêt.

— Kajola Street.

— Kajola Street, répète Kingsley.

Il se retourne ensuite vers Roselyn et lui sourit. Il n'avait probablement encore jamais souri comme ça à une fille. La voiture passe juste devant l'église, roulant au pas. Les vitres de la limousine sont teintées, un véhicule loué, anonyme. Tante Abifoluwa a chaussé de grosses lunettes rondes qui lui donnent des airs d'abeille tueuse. Elle est la seule à suivre la voiture des yeux, comme si elle pouvait, grâce à elles, voir à travers le verre fumé. Kingsley retient son souffle, plaqué contre la banquette de cuir beige, crispé comme jamais. Non, elle n'en saura rien. Ils n'en sauront rien. Ils attendent que la voiture s'éloigne de quelques mètres pour enfin laisser échapper la pression qui les étrangle tous les deux. Et ils rient, comme jamais auparavant. Ils rient aux larmes.

18

Olujimi allume la lumière la moins forte de son appartement, celle de la hotte aspirante, dans la cuisine, et se dirige vers son dressing, à l'aide de la lampe-torche de son téléphone portable. Il ne veut surtout pas attirer l'attention. Une légère odeur de renfermé le suit. Il ouvre un énorme sac de voyage Longchamp beige, une mauvaise imitation qu'il a achetée à Lagos quand il était étudiant. Il y met ses tenues préférées du moment. Ça tient tout juste. Il attrape quelques sacs en plastique Shoprite pour transporter ce qui n'est pas rentré, trois paires de chaussures, du répulsif à moustiques, des affaires de sport pour le yoga. Il fait le tour de l'appartement. La machine à coudre. Il en aura besoin.

En passant devant sa salle de bains, il hésite un instant, puis il allume le néon au-dessus du miroir. Il réalise avec une émotion indescriptible que c'est peut-être la dernière fois qu'il s'y admire. Ses traits sont fatigués et surprenants de calme, de gravité. Il n'a jamais eu les yeux aussi cernés, ils paraissent plus grands. Il a un peu maigri aussi, mais ça ne le dérange pas, bien au contraire. La ligne est parfaite, la taille marquée, les abdos joliment dessinés, comme des Lego. Il met quelques affaires de toilette de côté dans un des sacs jaunes. Il ouvre le placard derrière le miroir et découvre un fond de coloration blonde. Il hésite, considère à nouveau son reflet. Des racines noires d'au moins un centimètre. Il faut faire quelque chose. Il se dévêt, passe la tête sous le robinet et verse le reste de la coloration sur ses cheveux. « Laissez agir trente minutes ». Il pose une serviette sur ses épaules. De retour à la cuisine, il se sert un gin-tonic avant de sortir sur le balcon, complètement nu, hormis la serviette. Il est conscient qu'il expose généreusement son corps aux piqûres de moustiques mais il espère que l'odeur de la coloration les fera fuir. Mirko aurait tellement ri en le voyant ainsi. C'est dingue, il lui manque encore parfois. Même les dernières semaines avec Kingsley n'ont pas suffi à combler le vide intersidéral que Mirko a laissé en partant. Il s'assied, croise les jambes, boit à la santé des siens dont il ressent tout à coup l'absence comme une bénédiction, et allume une Rothmans. Il se sent délesté du poids des années, des reproches et des conventions. Il écoute une chanson qui lui rappelle Mirko.

« See, if I'm to choose, I choose you
If I'm to lose, I want to lose with you
Them say na taboo but I see truth in you »

L'ammoniac commence à lui brûler le cuir chevelu. Olujimi finit d'un trait son deuxième gin-tonic, écrase sa troisième cigarette. Il file sous la douche. Dans le petit miroir ventousé au carrelage rose, il voit la mousse orangée ruisseler sur ses épaules, il la sent couler sur les fossettes tout en bas de son dos, puis le long de ses jambes avant qu'elle ne disparaisse dans le siphon. Il rince abondamment, comme c'est écrit sur le carton de la coloration, éclabousse ensuite le miroir avec le pommeau de la douche, pour dissiper la buée. Coup d'œil furtif. Blond platine. Androgyne. Ambigu. Fabuleux.

Nu, il s'asperge de *Daisy.* Enfin, il s'habille, étrenne une de ses créations, dashiki blanc immaculé, traversé de motifs graphiques sur une bande horizontale au niveau de la poitrine. À dix-neuf heures quinze, le coffre débordant et la machine à coudre sur le fauteuil passager, il met enfin le contact. La Toyota démarre, mais il ne faudra pas tarder à faire le plein. Il s'en va sans se retourner, d'abord direction le Hilton, salle du trône – ensuite, on verra. Il est déjà en retard, le service de veillée de Noël commence à dix-neuf heures. En route, il se rend compte avec effroi qu'il a oublié de prendre des sous-vêtements de rechange. Mais il est trop tard pour faire demi-tour.

À l'église, la musique est si forte qu'elle le prend aux tripes avant même d'atteindre ses tympans. Il se faufile à travers la foule, trouve une place à l'avant-dernier rang, près de l'allée centrale. Il ne regrette pas sa décision. Il sait qu'il se laissera transporter, qu'il aura peut-être une réponse. Un flow s'installe dans son ventre, des basses ultra-lourdes qui pulsent avec son cœur, à l'unisson. Il bat des mains. Ses yeux brillent. Il ne s'est jamais senti aussi proche de Dieu. Les stroboscopes lui caressent les paupières. Les choristes n'en finissent plus de s'égosiller dans le micro. Leurs cravates orange se balancent de droite à gauche, suivent leurs mouvements dans des ondulations sensuelles. Olujimi ferme les yeux. Il n'est plus seul. Du bout des lèvres, il fredonne avec les autres :

« Your love is kind, your love is patient
You fill my heart, with so much peace and joy
You're amazing, you make my life feel brand new
Jesus you're amazing
You make my life feel brand new, eh »

Une voix plus puissante que les autres, plus rauque, vient recouvrir celle du soliste. Olujimi rouvre les yeux.

« Jesus, you love me too much o
Too much o, too much o
Excess love o
Say, Jesus, you love me too much o
Too much o, too much o
Excess love o »

C'est le pasteur, Babatunde. Il entre en transe. Glamour, charismatique. Le plus VIP des hommes de Dieu. Il s'approprie ce refrain comme nul autre, glorifie chaque note de ses cordes vocales divines. Olujimi a chaud aux yeux, aux oreilles – chaud partout. Nul n'est insensible à son sourire show-business, à son sex-appeal lorsqu'il chante, lorsqu'il prêche, lorsqu'il finit son service et qu'il quitte la salle, comme une star de la NBA, entouré de ses gardes du corps, poursuivi par quelques fidèles convoiteux. On raconte qu'il en reçoit certains en privé, dans la suite du Hilton qu'il loue à l'année, que sa voix est une eau miraculeuse qui glisse sur les blessures de ses ouailles et les apaise, que ses mains pansent les blessures les plus profondes. Il aurait guéri des incurables, donné des enfants à des couples stériles, remis sur pied des infirmes. Il est capable de prophéties, de délivrer des mauvais esprits. Il apporte la vraie victoire, celle qui vient par le Christ Jésus. Ses messes affichent toujours complet. Ils sont probablement trois mille fidèles, ce soir-là, la crème de la crème, réunie en ce sanctuaire prodigieux.

Olujimi ne quitte pas des yeux les mains du pasteur, ses doigts interminables qui s'élèvent vers le ciel et qui l'hypnotisent. Il ne peut lutter, il quitte sa place, avance, un pas après l'autre sur la moquette bleue, remonte l'allée centrale. Les mains du pasteur se détachent en ombres chinoises devant les projecteurs, sur la scène, et le happent doucement. Devant tant d'harmonie et de paix, Olujimi se sent flotter. Des hommes et des femmes se retournent sur son passage, dansent, sourient. Ils sont parés de leurs plus beaux atours, plus élégants les uns que les autres. À chaque messe,

Babatunde réalise des miracles en direct devant des milliers de témoins. Une fois, il avait frotté les jambes d'un vieil homme en fauteuil et le vieillard s'était levé, tout à coup. C'est son tour aujourd'hui, Olujimi en a décidé ainsi.

Lorsqu'il arrive à sa hauteur, il sent son cœur s'emballer. Babatunde est plus grand encore qu'il ne le paraissait de loin. Olujimi lui arrive à l'épaule. Le pasteur le fixe du regard et le prend dans ses bras, resserrant progressivement son étreinte. Olujimi sent son ventre se tortiller. Il ferme les yeux et appuie sa tête contre le buste athlétique. Babatunde tient un micro à la main, il chante quelque chose a capella, à l'unisson avec la foule ; mais Olujimi n'entend plus. Il s'enivre de son parfum. C'est une fragrance fraîche et boisée, musquée, familière et surprenante à la fois. Elle le réconforte et le regénère. Elle pénètre les sinus d'Olujimi, l'inonde de son énergie. Il voudrait la capturer, pour s'en imprégner à jamais. Il a beau avoir les yeux fermés, il lui semble qu'il n'a jamais vu aussi clair. Il veut, depuis toujours, être aimé de Dieu. Il veut prendre ce chemin de vie, de bonheur, qui n'est pas tout tracé, mais sur lequel il se sait accompagné.

— Dieu s'intéresse à chacun, quelle que soit son histoire, commence Babatunde.

Le silence dans la salle incite Olujimi à ouvrir les yeux. Seul un beat rythme le suspense. Toute la foule le fixe, les choristes retiennent leur souffle. Le micro du pasteur est tendu juste devant ses lèvres, il attend la requête, la prière, que peut-il faire pour lui. Olujimi ouvre la bouche, qu'il a, en l'instant, sèche. Il sait que le moment est venu. Des années, une vie entière qu'il attend ça. Il hésite encore sur la formulation. Il ne peut pas parler d'homosexualité, comme ça, en plein service. Ça ne se fait pas. Il réfléchit. L'hétérosexualité ne ferait pas de lui un meilleur chrétien, il n'a pas de doutes à ce sujet. Agir contre soi n'est pas une option attrayante. Ses désirs, sa sexualité font partie de son histoire personnelle, un itinéraire intime qu'il a emprunté il y a bien longtemps déjà, sans même s'en rendre compte. Mais aujourd'hui, ce chemin lui paraît trop solitaire et semé de bien trop de souffrances. Olujimi ne se sent plus tout à fait en vérité avec lui-même. Babatunde a les yeux plantés dans les siens, ils pétillent de malice.

— Dieu tout-puissant, balbutie Olujimi dans un étranglement, mon âme est dans l'impasse. Trop de ressentiments et de peines accrochées à mon cœur m'empêchent de vivre au présent. Mon regard est biaisé, mon avenir n'a jamais été aussi incertain. Montre-moi le chemin, montre-moi la lumière. Dieu tout-puissant, je t'en conjure.

Le pasteur pose une main sur sa joue, tient le micro dans l'autre. Olujimi a du mal à réaliser qu'une main si divine puisse le caresser en ce moment même. Quelques gouttes de sueur dégringolent du crâne parfaitement rasé de cet homme qui porte la voix de Dieu. Olujimi retient son souffle. Il est en train de vivre un moment crucial. Il tremble de la tête aux pieds. Il se sent vaciller mais le pasteur le retient de ses bras athlétiques. La foule se met à les ovationner tous deux.

— Laisse parler tes émotions, au fond de toi, sans en avoir peur, entonne Babatunde comme s'il prononçait les premières notes d'un chant sacré. Tu y verras plus clair. Surtout, accepte ce que tu ressens.

Des milliers de mains se lèvent vers le plafond et ses stroboscopes, le batteur du groupe reprend une cadence lente et puissante.

— Le plus grand courage consiste parfois à se laisser entraîner par le courant. Ne pas lutter ni tenter de contrecarrer ce qui se passe est un acte de sagesse. Tous ces possibles, ces chemins, ces options que tu ne voyais pas forcément vont se manifester très bientôt à ton esprit. Comme le soleil hâtif sollicite l'éclosion, Christ ouvrira ton cœur à ces possibles et ils s'épanouiront en toi, devenant évidents, indiscutables. Va en paix, le Seigneur t'a entendu.

Le choriste entonne un *Hallelujah* d'une voix si pure et angélique qu'Olujimi sent ses dernières résistances le quitter.

« I've heard there was a secret chord
That David played, and it pleased the Lord
But you don't really care for music, do you ? »

Au premier rang, on s'agenouille, on s'embrasse, on se met à chanter main dans la main. Le pasteur congédie un Olujimi en larmes en lui baisant le front.

19

Le mois de janvier lui donne le blues. L'azur voilé du matin au soir, l'odeur de la poussière sèche incrustée sur les feuilles des arbres, l'attente vaine de la pluie. Tout, autour de Zainab, la renvoie à ce jour cruel où elle a perdu sa mère, tout ravive la plaie du terrible attentat de Kano. Il lui faut chaque fois puiser au plus profond de ses ressources pour surmonter la douleur, la nostalgie et l'amertume qui se pressent et l'attirent dans un spleen sans fond.

Avant de partir, sa mère Hadiza lui avait néanmoins transmis quelques-uns de ses rêves bleus, ce qu'il fallait de féérie et de confiance en la vie pour être capable, même dans l'adversité, d'ouvrir ses bras à ce qui est offert, de voir le beau là où d'autres verraient le laid, et de croire aux miracles, aux signes de Dieu comme aux petits prodiges du quotidien.

Sa courte existence n'avait pas toujours été des plus simples, mais Hadiza avait su la mener comme l'héroïne d'un roman *soyayya* – ces contes populaires nigérians dont elle raffolait. Souvent, leurs intrigues semblaient tout droit sorties d'une folle comédie Bollywood – le cinéma indien avait conquis le Nigeria jusqu'à Kano, la grande ville musulmane où Hadiza avait grandi et s'était mariée. C'est son époux Abubakar qui lui avait offert le premier livre, et Hadiza s'était procuré elle-même les suivants, accumulant, au fil des ans, des piles de ces ouvrages grossièrement imprimés. Derrière ces histoires d'amour, écrites et éditées en langue haoussa, par des femmes haoussa, pour des femmes haoussa, se cachaient bien souvent des récits de rébellion féministe, contre le conservatisme, contre les traditions musulmanes lorsqu'elles allaient trop loin. C'était un mouvement littéraire florissant dans l'ancienne ville de Kano. Zainab avait gardé sa collection et quand elle se sentait fragilisée, à son tour, elle s'y plongeait. Mais le fossé entre sa propre vie et ce qu'avait été celle de sa mère était si grand qu'elle ne pouvait que partiellement s'y retrouver.

Lorsqu'elle vivait encore dans son village à Tsakuwa, à une quarantaine de kilomètres au sud de Kano, dans l'État du même nom, la jeune Hadiza, comme toutes ses camarades d'école, rêvait d'épouser un beau marchand fortuné de Kano. Son « vœu » avait été exaucé avant qu'elle n'eût le temps d'en voir grandir d'autres, par un lundi ordinaire au cours duquel ses parents l'avaient donnée en mariage à un commerçant de la ville. Le commerçant et son chauffeur revenaient de voyage, ils s'étaient égarés sur la route en rentrant de Jos, une cité marchande située plus au sud, au centre du pays. Ils avaient traversé le village et ses rues sablonneuses dans une berline blanche aux lignes pures et élégantes, une Mercedes-Benz, légère et aérienne, qui, malgré son moteur soi-disant silencieux, n'était pas tout à fait passée inaperçue auprès des modestes villageois. Elle s'était arrêtée à la station essence dans un nuage de poussière, un homme d'une élégance à couper le souffle en était descendu. Il portait une longue tunique sahélienne, sobre et blanche comme la laque de la carrosserie de sa voiture, son chapeau asymétrique était brodé dans les tons ocre de la terre qu'il foulait majestueusement de ses mocassins de velours. Il souriait de toutes ses dents, de tout son être, comme le faisaient les vainqueurs de ce monde, les seigneurs, les fortunés.

Mais qui était donc cet homme incroyable qui étanchait sa soif à la boutique de Bashir pendant que son chauffeur faisait le plein ? Le père d'Hadiza, le grand-père maternel de Zainab, fidèle à son poste derrière la caisse, trempé de sueur, brûlait de lui poser la question. Avant que la meute d'enfants agglutinés autour du chauffeur du véhicule ne vienne quémander quelques nairas à son propriétaire, alors que Bashir lui rendait la monnaie de son Fanta et s'apprêtait à l'interroger, ils virent débouler Hadiza qui rentrait de l'école, radieuse dans son modeste uniforme, hijab et pantalon en coton vert. « Un diamant brut », avait pensé l'éblouissant visiteur qui était à la tête d'un prospère commerce de bijoux. Informé de la précarité dans laquelle se trouvait la famille, il avait proposé à Bashir un arrangement, de quoi profiter d'une éphémère prospérité après de longues années d'indigence. Les camarades d'Hadiza avaient déserté l'école, les unes après les autres, pour devenir des épouses, aussi cet arrangement soudain semblait-il opportun. Chacune savait, aux premiers signes de puberté, que le moment allait arriver. Un jour comme les autres, alors qu'elles rentraient chez elles, on leur disait, « prépare-toi, on t'emmène chez ton mari ». Hadiza, elle aussi, avait dû précipitamment quitter les siens. Il lui avait fallu tirer un trait sur l'ordinaire pour aller vivre chez ce richissime inconnu, Abubakar, l'homme à la berline blanche et aux mocassins de velours.

Quand pour la première fois son mari l'avait embrassée, Hadiza s'était raidie. Les femmes de la famille avaient beau lui avoir expliqué, sans trop entrer dans les détails, qu'Abubakar était son mari à présent, et qu'elle devait tout accepter de lui, cette intimité contrainte lui semblait trop soudaine, trop étrange, parfaitement incongrue. Elle n'avait jamais approché un homme d'aussi près. Contre toute attente, il n'avait pas cherché à s'imposer à elle. Il avait installé son diamant brut dans l'écrin climatisé d'une propriété clinquante à Kano, dont l'entrée principale était flanquée de deux gigantesques colonnes blanches autour desquelles s'épanouissaient de beaux arbustes parsemés de fleurs orange et bleu que l'on appelait poétiquement oiseaux de paradis. L'intérieur avait des allures de caverne d'Ali Baba. Abubakar collectionnait toutes sortes d'objets, pas du meilleur goût mais ostensiblement coûteux. La maison se trouvait tout près du club de golf de Kano où, de temps en temps, il mesurait son ego avec celui des autres ogas de la ville, prenant le pouls des affaires courantes, flairant de potentiels investisseurs, se passionnant pour tout ce qui, de près ou de loin, pouvait lui être d'une quelconque utilité dans son ascension sociale. Leur vie d'alors s'articulait autour de son business florissant, ses expansions, ses capitaux, ses nombreux déplacements.

En 1991, il était parti pour le travail à Abuja, la nouvelle capitale en construction. Pour qu'elle s'occupe, il lui avait offert un livre, juste avant son départ. La couverture était bleue, on y voyait un homme, une femme, une Mercedes noire, et un village en arrière-plan. Le livre s'intitulait *Budurwar Zuciya*, « jeune de cœur ». Hadiza l'avait dévoré en quelques jours. Elle avait trouvé le temps particulièrement long, ensuite, la maison particulièrement vide. Elle s'était surprise à tendre l'oreille au moindre crissement de pneus sur le gravier de la cour. Elle pensait à son mari, à cette relation étrange qu'était la leur. À sa carrure dans l'embrasure de la porte lorsqu'il rentrait. À son parfum Paco Rabanne qui lui montait à la tête. À ses « bonne nuit, fais de beaux rêves », le soir lorsque, chacun, ils regagnaient leur chambre. Elle avait senti qu'elle se languissait de ces détails, de petites choses dont elle avait sous-estimé la valeur sentimentale.

Chaque jour qui passait, l'une après l'autre, les portes qu'elle lui avait toujours tenues fermées s'ouvraient. Quand enfin il était rentré, triomphant et fier comme un paon, Hadiza s'était sentie bouleversée, à tel point que ses sens lui avaient échappé. Il lui avait dit quelque chose, mais elle n'avait rien entendu, sinon les palpitations folles de son cœur. Troublée, mais déterminée, elle s'était efforcée de le regarder dans les yeux. Elle l'avait attendu en bas des escaliers, sachant qu'il viendrait jusqu'à elle et pensant à ce qui allait suivre. Elle avait imaginé ce moment plusieurs fois, l'avait joué et rejoué, sans script, sans véritable dénouement. Elle avait, pour seule référence, l'amour pudique tel qu'il était conté dans son roman *soyayya*. Ils n'avaient depuis plus jamais fait chambre à part. Hadiza débordait de joie, elle qui était devenue l'héroïne du roman. Elle se représentait facilement la suite de l'intrigue, faite de quelques obstacles et d'envies nouvelles.

Un jour, il l'avait emmenée avec lui en déplacement à Abuja. C'était pour Hadiza un tout nouveau chapitre. Des grues de construction jalonnaient le paysage, métamorphosant une savane verdoyante en un paysage urbain attrayant. Il avait ses habitudes au Hilton, où il avait ouvert une bijouterie et louait une suite à l'année. L'hôtel se dressait au beau milieu de la brousse tel un îlot de luxe, coupé du monde. Rien, à Abuja, n'était statique. De nouvelles routes étaient tracées chaque jour. Des ministères, des bureaux sortaient de terre, des magasins ouvraient leurs portes.

À la première saison des pluies, Hadiza était tombée enceinte. Abubakar avait alors fait l'acquisition d'une maison à Asokoro, un quartier exclusif où emménageaient les uns après les autres les ministres du cabinet fédéral.

— Je vois déjà nos enfants jouer avec leurs voisins, s'était-il exclamé lorsqu'il avait montré, pour la première fois, la maison à sa femme.

Hadiza avait frémi en découvrant les quatre immenses colonnes blanches, la gigantesque porte d'entrée, tout en verre, la terrasse au premier étage, à l'ombre de deux palmiers qui tutoyaient le ciel. Le toit en tôle vert malachite lui rappelait la mosquée de Kano, les murs blancs la villa présidentielle, qui se dressait à quelques centaines de mètres seulement de là. Si la maison de Kano était un écrin, alors celle-ci était un coffre-fort.

Le 20 janvier 1994, Hadiza avait donné naissance à une petite fille dans une clinique de la capitale. Les draps tachés de sang avaient rapidement été remplacés par du linge propre et douillet, l'enfant avait été enveloppée dans une laine blanche. Elle avait les lèvres en cœur, les poings fermés, des bras minuscules tournés vers le ciel. Ses yeux étaient fermés aussi, ses sourcils étaient touffus, elle fronçait les narines comme pour sentir l'odeur du monde.

— Votre fille est abujanaise ! avait dit la sage-femme en lui mettant son bébé dans les bras, c'était assez rare pour être remarqué.

La petite était en bonne santé. Elle fut nommée Zainab. Le prénom avait deux significations, « bijou précieux d'un père » et « fleur parfumée ». Ainsi, les deux parents étaient ravis. Hadiza, qui n'avait jamais porté de parfum, avait laissé entrer une nouvelle fragrance dans sa vie.

20

Le crépuscule s'écroule sur Murtala Mohammed Road, une voie rapide en périphérie d'Abuja, plantée de pylônes électriques. Le châssis d'un tuk-tuk fend l'air serré, ses trois roues raclent le bitume. Les particules de sable et de poussières flottantes, portées par l'ondoiement des combustions, semblent charrier des morceaux de soleil couchant.

Zainab a remué ciel, terre et web pour obtenir une entrevue avec Kingsley Okoye, sans succès. La frustration est immense à ce stade. Cette redistribution des rôles, elle n'en est pas coutumière, elle ne s'est pas souvent frottée à beaucoup plus puissant qu'elle et elle se sent un peu désorientée. Il ne lui reste qu'Instagram, @jimi_oh et ses photographies d'archives pour avancer. Pour le retrouver, elle est désormais prête à remuer les tréfonds d'Internet.

En remontant son fil sur plusieurs mois, puis sur plusieurs années, elle est tombée sur deux clichés datés du mois d'août 2016 et sur lesquels Olujimi pose aux côtés de Kingsley Okoye, le célèbre *founder* nigérian, avant son succès légendaire. L'une des photographies avait été prise au Hilton, autour d'un mojito, devant la piscine bleue, #reunion. L'autre, #bromance, devant les baraques à poisson situées en périphérie de la ville et vers lesquelles elle se dirige à présent. Elle n'est pas seule, Uyi et Jeremy ont tenu à l'accompagner, même s'ils savent pertinemment tous les trois qu'ils n'y trouveront ni Olujimi ni Kingsley. Mais ils ne veulent négliger aucune piste au vu des récents événements. L'appartement d'Olujimi a été vidé fin décembre par des membres de sa famille qui ont appris à son voisin qu'il ne reviendrait plus, en refusant de préciser ce qui lui était arrivé, malgré l'insistance de Jeremy. Avait-il des ennuis avec la justice, les avait-il, d'une manière ou d'une autre, déshonorés ? Avait-il décidé de refaire sa vie à Lagos, était-il retourné vivre au village, chez eux ? Était-il seulement vivant, au Nigeria, terré quelque part ? Tant de questions restaient sans réponse, il était injoignable, et ce depuis des semaines. Zainab ne pouvait s'empêcher de penser au pire, et elle priait à présent Dieu pour qu'il fasse preuve d'indulgence à son égard.

L'air suffocant de la saison sèche leur brûle les narines, la pesanteur semble plus lourde. Ils errent dans le dédale de boutiques, passent un mur de générateurs bruyants, trouvent le cœur du marché, cet immense gril circulaire où l'on cuit du poisson dans un nuage de fumée. La suie semble s'être incrustée partout, la terre est noire, les publicités affichées aux murs sont recouvertes d'une pellicule noire, mais les poissons servis dans le papier d'aluminium trempent dans une sauce rouge tangerine, offrant un contraste saisissant.

Ils s'installent au hasard au stand n° 4, quelques mètres carrés délimités par des bâches transparentes que l'on déroule les jours de pluie, avec des tables et des chaises en plastique bleu foncé. L'échoppe est tenue par une femme et une adolescente, Joy et sa fille Blessing. Joy attend les clients sous le toit de tôle, près des frigos, cernée par le vacarme des générateurs. Elle se lève de temps en temps, pour le service. Blessing s'affaire entre les tables et les grillades avec d'énormes poissons crus ou cuits. Joy leur apporte les trois Star fraîches qu'ils viennent de demander et des dessous de verres en plastique jaune. Elle décapsule les bouteilles, pose les dessous de verre sur les goulots, « pour les mouches ». Uyi contemple le marché, il meurt d'envie d'utiliser ce décor grunge et décalé pour sa prochaine vidéo de break dance. Jeremy lui donne des conseils, le courant semble particulièrement bien passer entre eux. Zainab sort son iPhone pour montrer la photo où l'on voit Kingsley et Olujimi bras dessus, bras dessous devant ces baraques à poisson.

— Vous les connaissez ? demande-t-elle à Joy, sans transition, comme elle le fait parfois, lorsqu'elle veut jouer la surprise pour obtenir des informations.

Joy se penche, attrape le téléphone et le fixe quelques secondes. Elle transpire et s'évente de l'autre main avec un livret publicitaire pour une soirée gospel.

— Tout le monde connaît Kingsley Okoye, répond-elle finalement en lui rendant l'appareil.

— Il vient souvent dans le quartier ?

— Ça fait belle lurette qu'il n'a plus mis les pieds ici, lâche Joy un peu sèchement. Il vit à Lagos, vous savez bien.

Zainab sent que Joy a envie d'en dire plus.

— Et l'autre jeune homme, sur la photo, vous le connaissez ?

Joy continue de s'éventer. Une mouche passe à quelques centimètres de son nez, elle la chasse d'un geste vif. Elle semble tempêter intérieurement.

— Vous ne pensez tout de même pas que je vais me souvenir de tous les golden boys qu'il a ramenés ici.

Zainab hausse les sourcils. Le terme la déconcerte.

— Des golden boys ?

Uyi et Jeremy tendent aussi l'oreille.

— Oui, enfin, ses petits amis, quoi.

Joy lève les yeux au ciel et s'assied à leur table en faisant courber sous son poids le fauteuil de jardin en plastique. Ses narines se dilatent au rythme de sa respiration. La mouche est revenue et se promène sur le foulard jaune qu'elle a enroulé sommairement autour de ses cheveux.

— Une nuit, se met-elle à commérer tout bas, si bas qu'on ne l'entend qu'à peine, ils sont venus lui casser la figure.

Elle s'évente de plus en plus vite et ses narines palpitent.

— Ils ont brûlé ses affaires. Ses ordinateurs, ses effets personnels. Pouf, plus rien. On ne le reverra plus. Qu'il reste à Lagos, si vous voulez mon avis. Qu'il vive sa vie de décadence.

— Qui ça, ils ? demande Zainab, même si, à vrai dire, elle sait déjà plus ou moins. Elle les connaît ces « ils », c'est tout le monde et personne, « ils » n'ont pas de visage, de comptes à rendre, « ils » sont de bons pères de famille, de bons citoyens. Ils ont frappé un homme parce qu'il les dérangeait, parce qu'il est différent. Ils ont probablement déjà tué et ils tueront encore. Ils ont peut-être aussi réglé le sort d'Olujimi.

Le ciel est à présent d'une couleur indéfinissable, une nuance qui tire vers le saumon, très lumineuse. Le soleil flirte avec la nuit, s'étale au plus bas de l'horizon dans des tons pastel. La fumée du poisson grillé se mêle au diesel de la horde de générateurs qui déchiquètent l'air de leurs roulements sourds. Des ampoules s'allument, s'éteignent, clignotent, les baraques à poisson ne sont plus que des cubes de fumée qui se découpent çà et là dans les contrastes du crépuscule. Zainab, Uyi et Jeremy s'abreuvent de ces couleurs, leurs trois visages tournés vers les dernières lueurs du jour. Chacun est absorbé dans ses pensées et elles convergent, ce soir, vers une seule et même direction. Dans leurs vies, ils le savent, la mort n'est jamais bien loin. C'est comme une ombre qui les suit partout, une ombre qui les force à regarder droit devant eux et qui rend la lumière du soleil bien plus exquise que nulle part ailleurs. Et lorsqu'ils quittent, tous les trois, les baraques à poisson, Zainab sent l'ombre de la mort l'enlacer et se coller contre son dos, glacer chaque vertèbre de son échine. Des planches à clous barrent la route, des policiers guettent de l'autre côté. Zainab reconnaît les uniformes de la SARS, une unité spéciale de la police connue pour ses violences et ses rackets, ses meurtres aussi. La liste des raisons de s'inquiéter est longue.

Un des deux policiers fait signe au chauffeur du tuk-tuk de se garer sur le bas-côté. Il passe sa tête à l'intérieur du véhicule, braque sur leurs visages figés le faisceau lumineux d'une petite lampe-torche. Zainab sent la sueur dans son dos se refroidir brutalement. Uyi ruisselle aussi et s'éponge le front avec sa manche, les poils de ses bras se hérissent, il a la chair de poule. Jeremy se met à marmonner quelques paroles inintelligibles, « *motherfucker* » peut-être, mais Zainab n'est pas sûre, elle est tellement nerveuse qu'elle n'entend que son propre pouls battre à ses oreilles. Quelques minutes passent au ralenti, un fusil est pointé sur eux, l'officier de police la regarde droit dans les yeux et lui dit qu'il la connaît, qu'elle est journaliste, et Zainab rétorque qu'elle n'a rien à se reprocher, qu'ils peuvent la fouiller, s'ils le veulent.

Lorsqu'enfin le supplice prend fin, le tuk-tuk redémarre en trombe. L'officier les a libérés en leur disant qu'il n'aimait pas qu'on fouine du côté des baraques à poisson qui jouxtent un cantonnement militaire. Les dreadlocks d'Uyi, ça, il n'aimait pas non plus, il avait ajouté qu'il avait l'air suspect. Il les avait effleurées du bout de son AK-47.

21

Le jour de la Saint-Valentin, Planète Naija, le leader nigérian des applications de rencontres célèbre en grande pompe ses un an d'existence et ses millions de « matches » à travers le pays. La fête a lieu au New Afrika Shrine de Lagos. Zainab a convaincu son boss de la laisser couvrir l'événement. Ben Oke a trouvé que c'était une excellente idée et a même insisté pour l'y accompagner.

— On n'y va pas pour trouver l'amour, hein, par contre. Networking et chasse aux scoops. On est sur la même longueur d'onde, okay ?

Si seulement il savait, elle a bien d'autres idées en tête que de trouver l'amour, même si parfois sa solitude lui pèse. Cet événement, c'est pour elle le moment ou jamais d'approcher Kingsley Okoye, une occasion en or, probablement sa seule et unique chance.

— On est sur la même longueur d'onde, a-t-elle assuré au patron, je ne crois pas aux algorithmes de toute façon, je crois seulement en l'humain, et en Dieu.

— Okay, bien dit.

L'air de Lagos semble lui faire le plus grand bien. Alors que leur taxi s'engouffre dans un embouteillage monstre, Zainab ne peut s'empêcher d'observer du coin de l'œil les sourires et mimiques enjouées qui s'esquissent sur les traits de son patron, anormalement décontracté. Ben regarde nonchalamment par la fenêtre, elle remarque de légers creux dans la partie charnue de ses joues, des fossettes creusées par une joie contenue.

En effet, Ben se sent bien, et si Zainab pouvait lire dans les pensées, elle apprendrait que ce n'est pas seulement l'air de Lagos. Elle découvrirait – non sans surprise – qu'il aime tout simplement se trouver en sa compagnie, qu'il admire tout en elle, l'étincelle qui anime son regard, la liberté de son esprit qui ne se satisfait pas de nouvelles formatées. Ben Oke est un homme plein de secrets, et parmi ses nombreux fantasmes inavoués, il y a celui d'être aveugle, pour que Zainab le prenne par la main, et lui raconte le monde à sa façon. Pour ne plus voir que ça, pour occulter le reste, le moche, le triste, l'indigne et le honteux. Parfois, un regret diffus lui serre le cœur : il avait été un peu comme elle, il fut un temps, à ses débuts, un jeunot débordant de bonnes intentions et qui croyait encore à la mission du journaliste intègre, enthousiaste à l'idée d'investiguer, de jeter la lumière sur les injustices et les scandales, les grandes comme les petites histoires, brûlant d'envie d'offrir à son public l'enquête, le reportage qui l'aidera à décrypter le monde. Que s'était-il passé, qu'était-il arrivé à ce jeune Ben, lui avait-il définitivement tourné le dos ? Il n'oubliera jamais le jour où pour la première fois il avait accepté une enveloppe brune. Il avait dégluti en découvrant le prix de son silence, fixé par un fonctionnaire d'État : mille nairas. C'était sans doute cela, le point de non-retour. Une enveloppe en avait appelé une autre, et leur épaisseur avait peu à peu augmenté. Il ne compte plus les fois où il a mis son nez dans des affaires sensibles pour de l'argent. Ce n'est pas le plus opaque de ses secrets, mais il préfère éviter que Zainab l'apprenne. Si elle le découvrait, il sait qu'elle serait déçue – ou pire encore, elle se laisserait tenter.

Leur taxi se laisse engloutir dans les artères au bord de l'implosion. C'est l'événement tech de l'année, nombreuses sont les berlines noires aux vitres teintées à se frayer un chemin parmi les colonnes de bus affrétés pour acheminer les innombrables étudiants, journalistes, influenceurs, artistes et investisseurs, plusieurs générations d'hommes et de femmes d'affaires d'Afrique de l'Ouest, venus voir des quatre coins du pays l'enfant prodige du web et du monde connecté.

Les lumières se tamisent. Kingsley Okoye, le jeune PDG de Planète Naija, entre sur la scène de la mythique salle de concert avec un sweat gris à capuche imprimé « NASA », manches retroussées et poing levé sur fond de basses hip-hop. Il est suivi d'un essaim de photographes et entouré d'une dizaine de filles à demi nues qui esquissent quelques pas de danse. Pendant quelques secondes, tous les regards se posent, intrigués, sur cette boule mouvante de photographes qui semblent former un être difforme à dix-huit têtes et trente-six bras au bout desquels s'agitent des appareils photo lourds dont les flashs tranchent l'air comme des lasers phosphorescents. Flash, flash, flash. Flash. Flash.

Kingsley salue la salle d'une voix rauque, avec cette assurance propre aux entrepreneurs de Lagos, aux infatigables optimistes et innovateurs hors normes ; typique de celles et ceux qui ont une voire deux ou trois longueurs d'avance, de ceux qui savent, pertinemment, que le futur a bel et bien déjà choisi son camp. « C'est un sacré coup médiatique », s'émerveille Zainab. Ce soir-là, l'inscription sur la plateforme Planète Naija est gratuite pour tous. La géolocalisation s'affole comme une boussole déréglée et l'on matche à tous les coins de la salle, une stratégie de marketing qui avait germé dans la tête de Kingsley bien avant son énorme succès.

Sous les spots du Shrine, le jeune prodige est également venu intimider ses détracteurs. Pour cela, il a appris à afficher son argent avec des messages simples. Il se paie le duo P-Square et Akon pour trente secondes d'interlude musical, *Chop My Money* en live, le succès pop planétaire, les secondes les plus chères de sa vie. Un triomphe.

Sous les flashs, toujours, Kingsley Okoye demande :

— Cent quatre-vingts millions de Nigérians, à votre avis, combien de gays ?

La salle est déjà sous pression et au bord de l'ébullition, des sifflements jaillissent, des hurlements éraillés, quelques applaudissements. Zainab retient son souffle, elle sent ses joues s'empourprer, elle en oublierait presque la raison de sa venue. À sa droite, Ben aussi semble se laisser porter par l'euphorie ambiante, le menton levé vers la scène.

Si Kingsley avait eu l'audace d'intégrer l'homosexualité à un site de rencontres « pour tous », il se défendait bien d'être lui-même homosexuel.

— Je vous rassure, je ne suis pas gay, affirme-t-il en clignant de l'œil. Et vous non plus, ajoute-t-il rapidement. Enfin, je n'en sais rien, tout ce que je sais, c'est que ce ne sont pas mes affaires.

Dans l'hilarité générale, il reprend :

— On n'est pas là pour célébrer les gays, on est là pour célébrer l'amour, sous toutes ses formes. Un an seulement, et dix millions de matches ! Et combien d'entre vous ce soir ne rentreront pas seuls !

Ils hurlent comme des groupies. Lui est ruisselant, le micro glisse de ses mains. Il attrape au vol une serviette éponge que lui jette un assistant, s'essuie le visage avec satisfaction.

— Mais si tu n'es pas gay, Kingsley Okoye, alors pourquoi tu te donnes tout ce mal ? Tu sais ce que tu risques ? Tu sais ce que risquent tes utilisateurs ?

La question est posée par un journaliste du *Daily Trust* d'Abuja, juste à gauche de

Zainab. Les sourires se décomposent sur les visages, le silence revient.

— Je suppose que tu demandes pour un ami, répond Kingsley, décidément joueur.

Les rires dans la salle reprennent mais une certaine tension s'est installée.

— Eh bien moi, c'est pareil. Je le fais pour un ami.

Il marque un blanc, puis il enfonce le clou.

— On le fait tous pour un ami.

22

Kingsley avait bien vite mis fin aux questions et les lumières s'étaient à nouveau tamisées. Des échos de jazz, de funk et de highlife avaient été diffusés à travers la salle et Zainab en avait profité pour se faufiler dans la foule, tête baissée, vers les coulisses, et courir après sa dernière chance. Du rock psychédélique, des chants et rythmes traditionnels nigérians résonnaient dans le célèbre sanctuaire, la musique de Fela Kuti. Qu'aurait-il pensé de ce jeune développeur, lui, le regretté joueur de saxophone, poète et artiste rebelle, pionnier de l'afrobeat, celui pour qui le New Afrika Shrine avait été construit ?

Dans le taxi qui, déjà, file vers Victoria Island, Zainab se laisse porter par ses pensées. Assis à sa droite, Ben a les yeux fermés. La voie rapide et sa rugosité, le bruit des roues sur le bitume, les vibrations, tout l'apaise et il est tombé dans les bras de Morphée. Une longue journée s'achève. Zainab ouvre sa fenêtre, l'air chaud et moite de la nuit s'engouffre dans l'habitacle, il porte l'odeur des générateurs de diesel et du poisson fumé au feu de bois. Ils sont en train de doubler une farandole de camions-citernes et des piétons qui marchent sur la route, sous les lampadaires jaunes du Third Mainland Bridge, un pont long de douze kilomètres construit au-dessus des marais de Makoko, le plus grand bidonville flottant du monde. La lagune embrume l'espace alentour, les déchets s'entassent à sa surface, l'eau est noire comme le ciel et la lune orange.

Alors Zainab est prise de curiosité ; elle télécharge l'application Planète Naija et crée son profil. Pendant que l'algorithme prend possession de son téléphone, ses yeux se perdent dans les combinaisons d'étoiles qui semblent lui envoyer un message codé. Les mots de Kingsley Okoye résonnent encore en elle. « On le fait tous pour un ami ». Est-ce qu'il parlait d'Olujimi ? Elle le saura bien assez vite.

Le lendemain, elle s'extirpe très tôt des draps blancs de l'hôtel et hèle dehors en bord de route un keke napep jaune cobalt, mangé par la rouille. L'engin pile devant elle, Zainab monte et lui donne la localisation GPS que Kingsley lui a donnée hier soir, lorsqu'elle a réussi à l'interpeller dans les coulisses. Ayant vaguement une idée de l'endroit où elle souhaite se rendre, le chauffeur du taxi bon marché tourne le guidon et rejoint la route cabossée en pétaradant. La lagune et l'île artificielle gagnée sur l'océan Atlantique réverbèrent le soleil aveuglant du matin. Quelques palmiers fraîchement plantés défilent à droite, des relents d'iode et de détritus viennent lui piquer le nez. La mégapole nigériane triomphe dans ce qu'elle fait de mieux, s'infiltrer dans les corps et dans les âmes de celles et ceux qui la traversent pour les tirer de leur torpeur, ramener à la vie ceux qui ne sont pas encore morts.

Un calme irréel règne sur les plages de Lekki, à la sortie du quartier des affaires, lorsque la motocyclette à trois roues laisse Zainab pieds nus sur le sable brûlant avant de faire son demi-tour, déjà happée par la clameur distante des klaxons déchaînés au loin, au cœur de Lagos. Zainab range ses tongs dans son sac et chausse sur son nez d'immenses lunettes de soleil-masque comme celles que portait J. Lo au début des années 2000. Kingsley lui a donné rendez-vous dans une de ces baraques en bois de bord de plage, serrées les unes à côté des autres parmi les palmiers frétillants. Des grappes de mini-sachets de chips de toutes les couleurs y sont accrochées, elles scintillent et dansent, soulevées par la brise maritime. Kingsley l'attend assis sur une chaise en plastique rouge à l'effigie de la marque de bières Hero enfoncée dans le sable fin, il sirote un Coca et porte lui aussi d'énormes lunettes de soleil pour des raisons de discrétion, il n'a pas la moindre envie qu'on le reconnaisse après la nuit exténuante qu'il vient de passer.

Ils s'étaient mis d'accord pour une rencontre *off the record*, pas d'enregistrement en douce, pas d'entourloupe, il avait décidé de lui faire confiance. Il lui décrit comme il peut les trois semaines où il a accueilli Olujimi, les crises de nerfs, la confrontation au téléphone avec ses parents, les moments de désespoir profond où son ami pensait que la vie ne valait plus la peine d'être vécue, les moments qui suivaient, miraculeux, où il se reprenait comme s'il avait touché le fond et qu'il y avait trouvé la force de remonter vers la surface.

— Il avait ce projet pour la Fashion Week de Berlin, tu es probablement au courant. Même s'il n'était plus sûr de vouloir y participer, il cherchait des idées, il allait un peu mieux, il était parfois plein d'excitation, il bouillonnait. La veille de Noël, il est parti en me disant qu'il avait ressenti comme un appel, quelque chose de religieux. Il avait l'air confiant. Il est rentré à Abuja.

— Et ?

— Il est effectivement rentré. Du moins, je crois, je n'ai pas eu de nouvelles depuis.

— Rien du tout ?

— Non. Enfin si. Il m'a écrit lorsqu'il a atterri, mais ensuite, il ne m'a plus répondu.

— Quand est-ce qu'il t'a écrit exactement ?

— Le 24 décembre en fin d'après-midi, je m'en souviens très bien parce que c'était une journée un peu particulière pour moi aussi.

— Et depuis ?

— Plus rien. Enfin…

— Enfin quoi ?

Kingsley se mord les lèvres. Il sort son téléphone et ouvre l'application YouTube.

— Il y a eu ce commentaire, dit-il en montrant l'écran à Zainab. C'est sa toute dernière apparition sur les réseaux sociaux. À ma connaissance, Insta, il n'y va plus, quant à Facebook, il a fermé son compte, ça fait un petit bout de temps déjà.

Zainab tend le cou et se penche sur la vidéo YouTube d'un coach fitness libanais nommé ElieInShape.

— Regarde, dit Kingsley après avoir scrollé lentement l'écran. C'était le 26 décembre, et depuis, c'est silence radio. J'ai peur qu'il ait fait une bêtise.

Zainab enlève ses lunettes de soleil pour lire. Olujimi avait un compte YouTube qu'il n'utilisait que pour commenter, mais son nom entier précédait le commentaire. « Olujimi Adenuga : Elie, peut-on trouver tes slips sur Internet ? Est-ce que tu sais s'ils livrent au Nigeria ? Réponds vite s'il te plaît, c'est urgent. »

Elle sourit.

— Bon, eh bien, ça a l'air d'aller, non ?

— Non, regarde la réponse sous le commentaire.

« Anonyme : Que Dieu en soit témoin, si je t'attrape, je te pète les os du corps entier et je t'achève en t'étranglant avec ton slip. » Horrifiée, Zainab détourne les yeux du téléphone et le rend à Kingsley.

— Du coup, je ne sais pas s'il mènera à terme son projet d'aller à Berlin. Ce genre de commentaire, ça lui donnait envie de fuir les projecteurs. Il aurait fait n'importe quoi pour ne plus recevoir des insultes pareilles, il se disait parfois même prêt à renoncer à sa sexualité. Je le comprends, regarde-moi, il y a quelques semaines à peine, je pensais faire mon coming-out, j'étais vraiment à deux doigts, je me suis dit, ça y est, c'est le moment, le jour est arrivé, merci Seigneur. Et, comme tout le monde, tu m'as entendu hier clamer que je ne suis pas gay. C'est tellement plus facile de se rétracter.

Kingsley marque une pause, enlève ses lunettes. Ses yeux sont brillants et rouges. Depuis quelques semaines, le *founder* prodige a appris à pleurer.

— Tu sais, ajoute-t-il. Non, évidemment que tu ne sais pas.

Il ravale sa salive, avant de poursuivre.

— Sa famille lui a trouvé une épouse, ils lui ont annoncé ça comme ça, par texto, au terme d'une conversation téléphonique qui avait mal tourné. C'est un peu du chantage, ils lui mettent la pression. Je pense qu'il a été tenté, même s'il n'en a rien montré. Qui ne le serait pas à sa place. Il cherche un peu de tranquillité. Il ne veut plus de ces menaces, tu comprends. C'est comme si quelqu'un venait frapper à ta porte, chaque jour, toutes les cinq minutes, que dis-je, toutes les trente secondes même, et déversait sur toi les pires insultes, les pires horreurs. Personne n'a les épaules pour supporter ce genre de truc. Je me dis qu'il est peut-être rentré au village, à Lokoja. Je te donnerai l'adresse. C'est là où nous avons grandi, lui et moi. Ses parents sont encore là-bas, ses frères aussi et leurs familles respectives. Tu devrais aller voir si tu espères encore le rencontrer.

23

La veille de l'élection présidentielle, Zainab dort très mal, d'un sommeil agité, rempli de rêves en noir et blanc, difficiles à interpréter et s'enchaînant les uns aux autres en accéléré. Sa nuit s'enlise, des images oppressantes s'y déploient en spirale, se répètent parfois, tel un vieux film que l'on rembobine. La sueur coule sur son front et Zainab se retourne, se retourne encore, comme si la position statique lui était insupportable. Son cœur cogne, ses paupières battent frénétiquement.

Elle s'éveille en sursaut, bien avant l'appel du muezzin. Elle a soif, sa langue est rêche, son souffle court. Un coup d'œil à son téléphone lui révèle qu'il est trois heures du matin. Elle voudrait bouger, s'étirer, se lever peut-être, mais ses membres sont engourdis, lourds. Un cauchemar la hante, s'impose à ses pupilles, discontinu, des visions qui clignotent. Elle revoit la dernière d'entre elles, en couleur, soudain, le corps inanimé d'Olujimi exposé à la vue de millions d'internautes, sa tête déjetée, renversée contre la vitre d'une voiture criblée de balles et dont le moteur siffle bruyamment. Sa bouche grande ouverte, le sang noirci entre ses dents. Sa toute dernière apparition sur les réseaux sociaux avant que les lumières ne s'éteignent, #faitsdivers, #restinpeace, #theEnd. Des jerricanes, ensuite, la carlingue carbonisée, des flammes qui viennent nettoyer tout ça. Sa dépouille abandonnée, recouverte de poussière de latérite. Et le sol écorché, assoiffé, qui boit son sang. Le spectre d'un monde qui a perdu son âme.

Le mauvais rêve s'effiloche déjà, le pourpre de la mort ne résiste pas longtemps à la pénombre bleutée de sa chambre. Zainab garde les yeux grands ouverts, elle tend l'oreille à l'écoute du silence, elle sait qu'elle ne se rendormira pas. À travers ses rideaux, elle aperçoit un bout de firmament nocturne, indigo, quelques étoiles en astérisques. Il n'y a rien en elle à part ça, rien d'autre que la vue de ces étoiles, ni peur, ni colère, ni chagrin. Ce n'était qu'un rêve, et au lever du jour, elle l'aura oublié.

Le téléphone vibre sur sa table de nuit. Elle tourne la tête vers l'écran, le fixe sans vraiment le regarder, sidérée. Les secondes s'égrènent au ralenti, l'une après l'autre, pesantes d'interrogations. Lorsqu'elle porte enfin l'appareil à son oreille, elle entend dans le combiné le bruit d'un moteur, une respiration poussive, le raclement de gorge de quelqu'un qui s'est peut-être levé un peu trop tôt – c'est Ben, il a besoin de renforts, vite, à la rédaction : l'élection présidentielle vient d'être annulée.

24

« Édition spéciale, répète en studio Kayode Ekwere, le présentateur de la matinale : les élections présidentielle et législatives, initialement prévues ce samedi 16 février 2019, ont été reportées d'une semaine. » Pas de *Sunrise Daily* ce matin-là, pas de place non plus pour les « Ondes positives » de Zainab Aliyu, la première chaîne de télévision nigériane se met en mode « information en continu », le ton est monocorde et l'appétit est insatiable devant la confusion totale qui gagne le pays et ses quatre-vingt-quatre millions d'électeurs. « Édition spéciale », l'actualité du jour, l'unique, la choquante, c'est le rendez-vous manqué des Nigérians avec la politique. Les mêmes images tournent en boucle, depuis le matin, celles de l'annonce du report en pleine nuit. Mahmood Yakubu, le président de la commission électorale qui s'approche d'un pupitre cinq heures seulement avant l'ouverture prévue des bureaux de vote, son awolowo noir, sa tunique blanche, ses petites lunettes ovales et sa moustache, la vingtaine de micros braqués sur lui, les rideaux verts en arrière-plan, où clignotent des guirlandes lumineuses. Le discours, ensuite, laconique et monotone, dans lequel il évoque des problèmes logistiques sans les nommer. « C'était une décision difficile à prendre, conclut-il, mais elle était nécessaire, pour le succès de la tenue de nos élections, et la consolidation de notre démocratie. »

Personne ne sait précisément de quoi il parle, de nombreuses questions restent en suspens. Les réseaux sociaux sont envahis de rumeurs quant à la nature des problèmes invoqués. Zainab passe des heures à démêler le vrai du faux. Les autorités demeurent évasives. À la régie, les images affluent, des électeurs perplexes regroupés en des lieux qui devaient faire office de bureau de vote, bien souvent des commerces et des écoles. Des dizaines de milliers de Nigérians ont fait le voyage depuis leur lieu de vie pour rejoindre leur localité d'origine où ils devaient voter.

— Il faut prier fort pour ce pays, car franchement, je ne vois pas dans quelle direction on va, récrimine une dame à bout de souffle.

Des images qui viennent d'être tournées à Lagos. La femme plante ses yeux exorbités droit dans la caméra.

— Je n'étais pas au courant que le scrutin avait été reporté, j'ai appris la nouvelle ce matin, dans le bus. Pourquoi diable n'ont-ils pas annoncé ce report plus tôt ?

Ses lèvres tremblent, elle tente d'attraper le micro que lui tend le journaliste, puis, comprenant qu'il ne lui donnera pas, elle se penche au plus près.

— Je me suis levée à l'aurore pour prendre ce bus, voyez-vous, continue-t-elle. C'est un jeune homme qui nous a informés, nous étions nombreux à ne pas savoir.

— Et vous veniez d'où ? Où habitez-vous, madame ? demande le journaliste.

— Je travaille à Warri, répond-elle la gorge nouée, j'avais pris ma journée.

Elle s'éponge le visage, réorganise de ses doigts rondelets la frange brune de sa perruque, puis se retourne nerveusement vers les portes du bureau de vote, comme si elle espérait encore que quelqu'un les ouvre, que quelqu'un en sorte, qu'on l'invite à voter.

Changement de ville, changement de plan, des images de Benin City, un jeune homme adossé contre un mur, son iPhone à la main.

— Je suis sur Twitter, lance-t-il, obnubilé par son écran, j'y ai passé la nuit, pour trouver des explications.

Il y a un temps d'arrêt pendant lequel il semble commenter un tweet. Le direct ne permettant pas de couper les longueurs, un silence gênant flotte sur les ondes.

— Et vous avez trouvé quelque chose ? finit par demander le journaliste.

Le jeune homme lève les yeux, une veine bat à sa tempe, son regard est coléreux.

— À une semaine du vote, les bulletins n'étaient toujours pas imprimés. Il y aurait eu des problèmes d'acheminement de matériel à cause du réseau routier et de la météo, vous entendez ça ? L'harmattan et ses poussières ont retardé des avions.

Il secoue la tête.

— Du coup, pas de livraison dans les temps, pas de bulletins de vote, pas de vote. Et vous allez avaler ça ? Vous croyez que je vais avaler ça ? La vérité, c'est que c'est le pays entier qui est en retard, c'est un pays malade, décrépit, dysfonctionnel.

Sur le plateau de télévision, on essaye, tant bien que mal, d'expliquer l'impossible.

— C'est juste impensable, abasourdissant, d'annuler une élection présidentielle cinq heures avant son commencement, tempête en fin de journée la directrice d'un collectif pour une meilleure gouvernance au Nigeria.

Sa défiance est contagieuse, le temps s'arrête momentanément en studio, en régie et sur les millions d'écrans de télévision à travers le pays. Chacun pour soi réalise de plus en plus tangiblement la gravité des faits.

— Constamment, la commission nous a assuré que nous étions prêts, poursuit-elle. Aujourd'hui, tout le monde est pris de court. Nous ne sommes plus sûrs de rien, rien ne nous dit que la date de samedi prochain sera maintenue. Le Nigeria est soi-disant le géant de l'Afrique. Cette élection concerne quatre-vingt-quatre millions d'électeurs, des observateurs du monde entier ont fait le déplacement. Et nous, cinq heures avant, nous annulons nos élections ? C'est une colère légitime, c'est un fiasco.

Elle prononce ces derniers mots dans un râle, c'est le mot de la fin et tout le monde en est satisfait. Un fiasco. La tension retombe, l'édition spéciale se termine enfin, et Ben Oke desserre sa cravate qui semblait l'étrangler depuis le matin. Il respire. Exténuée par sa longue journée, Zainab se hâte de rassembler ses affaires pour partir. En cet instant, quelque chose en elle vibre différemment. Son

Uber est déjà en bas, elle est attendue, elle est presque en retard.

— Un rendez-vous galant ? hasarde Ben en haussant les sourcils.

Mais Zainab a déjà tourné les talons.

25

L'illogisme avec lequel les routes d'Abuja ont été tracées interroge. L'omniscient Google Maps lui-même se révèle bien impuissant face à ces boucles interminables, ces tronçons inachevés, ces parcelles fantômes. Seuls les plus érudits chauffeurs de taxi s'y retrouvent, mais Zainab est assise ce soir-là à l'arrière d'un Uber, et Kenneth, le conducteur, commence à ronger son frein. Depuis un certain temps, la voiture passe et repasse à quelques mètres seulement de sa destination, suivant une voie rapide qui ne permet pas de s'arrêter, le long d'un mur de plusieurs mètres de haut qu'il faudrait traverser pour rejoindre l'adresse voulue.

« *Turn right on Samuel Ademulegun Avenue* », insiste la voix douce du GPS.

— C'est impossible, répète Kenneth, c'est tout simplement impossible.

La sueur perle à ses tempes. Il met l'appareil en sourdine et ignore l'instruction.

— En prenant à gauche, un peu plus loin, sur Olusegun Obasanjo Way, on finira par retomber sur Muhammadu Buhari Way, assure-t-il d'une voix trompeusement confiante. On sera à Grand Square dans cinq, dix minutes maximum, *no wahala*.

La nuit est bien avancée. C'est une nuit sèche et claire, la lune est gibbeuse et déjà haute dans le ciel. Les artères de la capitale sont tapissées de pancartes électorales poussiéreuses et partiellement déchirées ; une farandole de vert, de blanc, de bleu et de rouge borde les routes, ponctuées de visages souriants, de slogans convenus. Leurs couleurs ont fané comme les promesses qu'elles portent. Il flotte un étrange parfum dans l'atmosphère : est-ce l'odeur de la poussière durcie en fin de saison sèche ? Est-ce la frustration d'une capitale abandonnée, la perplexité de tout un pays ? Le ciel chargé de particules de sable vire brièvement au mauve, reflétant les lumières de la ville, avant de prendre sa teinte noire habituelle, il est déjà plus de neuf heures lorsque Zainab et son Uber franchissent enfin les portes du parking de Grand Square, un centre commercial qui a mal vieilli. Les commerces sont fermés à cette heure-ci, mais une soirée mondaine est donnée au Secret Garden, le dernier bar en vogue, tout en haut, sur le toit.

La voiture s'en va, Zainab se retrouve seule sur le parking. Elle perçoit de la musique et des conversations feutrées émanant du rooftop. Elle s'approche de la seule source de lumière, un gardien de nuit et sa lampe-torche. Les festivités ont lieu au septième étage, indique-t-il, l'ascenseur se trouve au fond à droite du supermarché.

Quelques ampoules à la lueur blafarde clignotent au plafond de la grande surface endormie. Zainab est brièvement saisie par une odeur puissante, celle du poisson sec en sachet, entassé près des caisses. Elle remercie le gardien et s'aventure dans les rayons abandonnés. Des conserves de légumes à sa gauche, des flacons de ketchup à sa droite, puis des sachets de nouilles instantanées, de l'huile végétale en bouteille. Ses talons résonnent sur le carrelage, d'élégants escarpins. L'incongruité de se trouver en pleine nuit dans un supermarché. Certes, elle en a vu d'autres, et l'étrangeté ambiante ne se reflète pas sur son visage gracieux et impassible. Mais quelle journée, saugrenue jusqu'au bout.

Là-haut, au Secret Garden, un homme l'attend. Selon l'algorithme de Planète Naija, il est son premier « match ». Abdullahi Adam Zaki, trente et un ans, les traits fins, barbe de hipster. Un fonctionnaire, diplômé d'administration publique. Elle n'avait pu se retenir de rire en découvrant son profil un peu plus tôt dans la journée, un rire pétillant qui l'aurait sans doute gêné s'il avait pu être témoin de sa réaction. Puis elle avait regardé sa photo de plus près, et elle avait souri. Elle avance, à tâtons, à travers les rayons du supermarché, passe ses doigts sur le tissu de sa chemise, machinalement, pour la défroisser. Elle ouvre la géolocalisation de l'application. Elle réalise que son rendez-vous galant se trouve juste en face d'elle, sept étages au-dessus. Les deux points se font face sur l'écran. Elle ne sait pas qui est qui, elle avance encore. À moins qu'ils ne soient dos à dos ? Elle sent une présence derrière elle, comme un parfum de patchouli. Elle se retourne. Personne.

Les néons au-dessus de sa tête viennent de s'éteindre. Quelques ampoules pendent au fond du magasin, à gauche, devant ce qui ressemble à une issue de secours. Un ascenseur ? Son cœur se met à battre un peu plus fort, sa légèreté forcée la quitte. Elle n'est plus sûre. A-t-elle vraiment envie de rencontrer son « match », Abdullahi Adam Zaki ? Elle ne sait rien de lui. Sur ses photos, il a des airs de prince du Sahel, avec ses longs turbans de délicate facture. Il porte aussi parfois des costumes bleu marine ou noirs, chemises blanches et nœuds papillon à petits carreaux. Il semble avoir eu plusieurs vies, déjà. Il est jeune, arty, raffiné. À vrai dire, il est parfait. Sur le papier, ou plutôt sur l'écran. Mais elle n'est pas sûre. Le luxe tapageur des nantis d'Abuja l'ennuie. Les soirées mondaines ne la font plus rêver. A-t-il seulement autre chose à lui offrir ?

Soudain, un bip sonore l'arrache à ses tergiversations. Une alerte Instagram. Olujimi. Olujimi vient de poster quelque chose. C'est une story. Plusieurs stories à la suite, en fait. Qui bout à bout, forment une vidéo. Sur fond sonore. Tremblante, elle appuie sur la miniature pour accéder au contenu. Les premières notes de *Goodbye My Lover* de James Blunt tombent, délicates, comme des gouttes de pluie éparses sur la quiétude d'une soirée londonienne. Olujimi est à l'aéroport d'Abuja. Il fixe la caméra.

« Did I disappoint you or let you down ?
Should I be feeling guilty or let the judges frown ? »

C'est un selfie filmé à l'atmosphère étrange et dramatique. Il en émane une esthétique naturelle, avec n'importe qui d'autre, pourtant, ce serait kitch. Olujimi ne chante pas ni ne mime un playback, mais la musique coule sur ses traits et c'est simplement beau. Il a les larmes aux yeux. À qui pense-t-il avec cette chanson ? Il n'y a plus rien d'autre autour de Zainab, d'ailleurs la grande surface est toujours plongée dans le noir. La musique se poursuit. La story suivante est un zoom sur son passeport nigérian dans lequel on devine une carte d'embarquement pour Berlin.

« I am a dreamer and when I wake
You can't break my spirit, it's my dreams you take
And as you move on, remember me
Remember us and all we used to be »

Il est visiblement en proie à des tourments mais il est bien vivant, il est là, celui qu'elle cherche depuis plus de trois mois. Sa blessure est interne, presque invisible à l'œil nu, et le message qu'il veut faire passer, au terme d'un si long silence, est crypté dans les notes de cette mélodie. Mais Zainab parvient à lire entre les strophes, elle qui a fait le chemin inverse, il n'y a pas si longtemps – il est en train de dire adieu à son pays. Son départ est contraint, forcé, la vie ne lui a pas vraiment laissé le choix. Olujimi s'en va et ne reviendra pas après la Fashion Week. Il va demander l'asile.

Une part de lui est définitivement perdue. Une part d'elle, aussi, s'effondre. Y a-t-il, dans cet exil, quelques ondes positives, si subtiles soient-elles ? Elle aimerait pouvoir le dissuader de renoncer à son pays pour la vie tout entière, lui faire comprendre qu'il ne s'habituera jamais au froid qui lui tranche la peau comme des coups de couteau, que l'astre le plus chaud disparaîtra sous la densité des nuages, que la bruine fine et glaciale lui fera oublier les chaudes caresses de l'harmattan, que là-bas, même sa foi finira par se réfrigérer. Et en même temps, elle sait qu'il court après un rêve, un rêve qu'il ne peut pas laisser filer. Il n'y a pas d'autre option. Tout ce qu'il y a d'inspirant en lui, cette nitescence qui l'avait subjuguée, doit peut-être mourir un peu dans cet exil pour ensuite renaître. Et l'émerveillement, alors, se renouvellera.

En un quart de seconde, sa décision à elle est prise, elle saisit ce qu'elle pense être un signe de Dieu. Ondes positives ou pas, elle sera là, à ses côtés. Elle passe quelques coups de fil, commande un Uber, tourne les talons et file vers la sortie de secours. Sur le parking, une voiture l'attend déjà. Kenneth, encore lui. En claquant la porte derrière elle, elle pense à tous ces destins qui se croisent, à longueur de journée, dans ce pays aux cent quatre-vingts millions d'habitants. Elle pense à son match, celui dont elle aurait pu faire la connaissance ce soir.

26

Derrière le hublot, la pluie s'est mise à tomber. Des gouttes éparses, lourdes, qui tapent à la vitre et strient la poussière accrochée dessus. C'est si rare en février. Il fait nuit. Olujimi aurait aimé que le ciel soit dégagé, pour voir la lune, pour voir si elle lui souriait. Il avait besoin de signes. Demain, un nouveau jour se lèverait, sur un autre horizon. Le premier jour d'une nouvelle vie. L'aller-retour, c'est sur le papier seulement. Il ne rentrera pas, il a pris sa décision, même si cela lui brise le cœur.

Babatunde l'a accompagné jusqu'au comptoir d'enregistrement. Ils ont passé, ensemble, le premier contrôle de sécurité, puis le second, réservé aux voyageurs. Le pasteur ne prend pas l'avion, mais il a ses connexions. En voyant la carte d'embarquement, il s'est insurgé. Économique ? Non. Première classe. Il a payé la différence. Il lui a souhaité bonne chance, l'a serré fort dans ses bras. Puis il est reparti.

La première classe est spacieuse, ultramoderne et beaucoup plus luxueuse qu'Olujimi ne l'avait imaginée. Il y a des roses rouges, du champagne, du cuir beige. Et des écrans tactiles. Il y a du passage, aussi, les autres voyageurs qui rejoignent leur place, plus loin, leur banquette en tissu au fond de l'appareil. L'avion a beaucoup de retard. Une équipe de télévision embarque une heure après tout le monde, une fille et un jeune caméraman. Ils ont réservé les deux sièges au milieu de l'allée, juste à côté de lui. Ils se sont présentés avec chaleur, ils sont là pour lui, pour immortaliser ses péripéties à Berlin, Olujimi n'a pas vraiment eu son mot à dire mais il est heureux ou plutôt soulagé. Pendant quelques secondes, il a cru que la police aux frontières était à ses trousses, que son départ allait être avorté.

Lorsque son regard se perd à nouveau au loin, de l'autre côté du hublot, la pluie a déjà cessé. La porte de l'avion est enfin fermée, l'appareil commence à manœuvrer à reculons. Son sort est scellé, et l'œil indiscret d'une caméra est pointé dans sa direction.

Lui, il a déjà basculé dans un autre monde. Il pense à Mirko. Maintenant qu'il part pour de bon à Berlin, leurs trajectoires sont à même de converger dangereusement, ils vont être si proches sur la carte du monde. Cette pensée l'aurait rendu fou, il n'y a pas si longtemps que ça. Mais il a changé. Ce que Mirko a fait naître en lui, toute cette passion, cet amour, il a pu le donner à un autre. Il est comme ça, Olujimi. Il ne gaspille pas l'amour.

À la messe de Noël, il avait vécu la plus transcendante, la plus jolie des rencontres amoureuses. Plus intense encore que ce qu'il avait connu avec Mirko. Car l'amour, cette fois-ci, était déjà là, avant même d'être sollicité. Quelques secondes avaient suffi pour qu'à nouveau, la vie insuffle en lui cette chaleur dorée. Personne n'avait jamais eu sur lui un tel ascendant. À l'église, leurs mains avaient fait connaissance, en toute discrétion. Celle de Babatunde était très lisse à l'intérieur, et rugueuse au niveau du pouce et de l'index. Ses doigts avaient furtivement frôlé la paume d'Olujimi, réinventant ses lignes de vie, d'amour, de chance et de succès. Sa main lui avait envoyé un millier de messages, « tu es beau, tu mérites le bonheur », « qui que tu sois, je ne te jugerai pas », « ne me juge pas non plus, s'il te plaît ». Babatunde lui avait ouvert les portes de sa suite, antre miraculeux où toutes les merveilles du monde s'accomplissaient. Leur complicité si brusque se passait d'explications et de raisonnements. Olujimi avait trop fantasmé ces derniers temps, il était temps de vivre, vivre sans se poser de questions.

Les soirs, Babatunde avait pris l'habitude de lui conter les surprenantes histoires d'amour qu'il avait vécues. Depuis la suite luxueuse, au dixième étage du Hilton, ils voyaient le soleil se coucher sur la ville, sur les toits d'Abuja, ces cubes blancs et gris qui fondaient dans un ciel cramoisi comme de gros glaçons dans un verre de chapman. Durant le jour, Olujimi se consacrait à son autre passion, la mode, il voyait jaillir sous ses phalanges la collection qui se trouve maintenant dans ses bagages, un récital de couleurs revigorantes et d'imprimés sophistiqués. Il s'était inspiré du Nigeria, celui où il avait vécu, de sa beauté, de sa grandeur, de sa frénésie, de ses paradoxes, de sa brutalité. Il l'adressait à des hommes et des femmes, à celles et ceux qui ne se reconnaissaient pas forcément dans l'une ou l'autre catégorie. Il l'avait baptisée « Éclosion », comme une célébration de la vie de l'autre côté, une forme de guérison.

Remerciements

À Lisa Liautaud et Franck Berteau, pour leur engagement au service du texte, tout le travail éditorial au cours duquel j'ai tant appris.

À celui qui a inspiré cette histoire, Innanoshe Richard Akuson, le « Nasty Boy » nigérian rencontré en 2017 à Abuja et à qui je souhaite bonne continuation à L. A.

Photocomposition PCA

Achevé d'imprimer en décembre 2022
par CPI FIRMIN-DIDOT (27650 Mesnil-sur-l'Estrée)
pour le compte des Éditions Calmann-Lévy
21, rue du Montparnasse, 75006 Paris

PAPIER À BASE DE
FIBRES CERTIFIÉES

CALMANN LÉVY s'engage
pour l'environnement en réduisant
l'empreinte carbone de ses livres.
Celle de cet exemplaire est de :
0,800 kg éq. CO_2
Rendez-vous sur
www.calmann-levy-durable.fr

N° d'éditeur : 1373329/01
N° d'imprimeur : 172821
Dépôt légal : janvier 2023
Imprimé en France.